Além do aborto

EDITORA EME

Solicite nosso catálogo completo, com mais de 400 títulos, onde você encontra as melhores opções do bom livro espírita: literatura infantojuvenil, contos, obras biográficas e de autoajuda, mensagens espirituais, romances, estudos doutrinários, obras básicas de Allan Kardec, e mais os esclarecedores cursos e estudos para aplicação no centro espírita - iniciação, mediunidade, reuniões mediúnicas, oratória, desobsessão, fluidos e passes.

E caso não encontre os nossos livros na livraria de sua preferência, solicite o endereço de nosso distribuidor mais próximo de você.

Edição e distribuição

EDITORA EME

Avenida Brigadeiro Faria Lima, 1080 - Vila Fátima
CEP 13360-000 - Capivari-SP
Telefones: (19) 3491-7000 | 3491-5449
Vivo (19) 9 9983-2575 | Claro (19) 9 9317-2800
vendas@editoraeme.com.br - www.editoraeme.com.br

ÂNGELO DIAS

pelo espírito CARLOS HENRIQUE

ROMANCE MEDIÚNICO

Além do aborto

HISTÓRIAS SOBRE PERDÃO E RECOMEÇO

Capivari-SP

– 2021 –

1ª reimpressão - dezembro/2021 - de 3.001 a 4.000 exemplares

CAPA | André Stenico
PROJETO GRÁFICO E DIAGRAMAÇÃO | Marco Melo
REVISÃO | Rubens Toledo

Ficha catalográfica

Carlos Henrique, (Espírito)
Além do aborto - Histórias sobre perdão e recomeço / pelo espírito Carlos Henrique; [psicografado por] Ângelo Dias - 1ª reimp. dez. 2021 - Capivari-SP: Editora EME.
288 pág.

1ª ed. jul. 2021
ISBN 978-65-5543-056-1

1. Espiritismo. 2. Aborto e suas consequências.
3. Lembranças de outras vidas. 4. Adoção.
I. TÍTULO.

CDD 133.9

Sumário

Parte I

Parte II

PARTE I

Numa grande fazenda próxima a Vila Rica e Mariana, em 1798.

Capítulo 1

Pecado mortal

No quarto em penumbra, apesar de ser dia lá fora, Marília, pouco mais que uma criança (acabara de completar 15 anos), despertou de um sono agitado. Sonhou com alguém que a confortava, alisando seus cabelos, sem dizer uma palavra. Era uma presença de amor e luz que lhe repassava uma tranquilidade infinita. Nada mais reteve na memória, senão o alívio e a paz momentânea.

Enquanto cruzava a ponte de volta para a realidade, as dores que a dilaceravam foram crescendo. Teve certeza de que havia sido apenas um sonho. As lágrimas de ternura que tinham rolado silenciosas, naquele encontro abençoado, secaram em segundos do lado de cá da vida, ante a dor do presente que, por tamanha, não produzia uma gota sequer. O leito em que se encontrava, os lençóis encharcados de suor, o ar viscoso e sufocante (os janelões estavam fechados), o odor adocicado e penetrante de suor, sangue e excremento: não havia dúvida, a morte rondava o casarão pela segunda vez naquela semana.

Por mais que se horrorizasse com o infanticídio, condenado pela Igreja, Marília não tivera forças morais e emocionais para resistir à autoridade materna. A quem recorrer? Ao pai? Ele a mataria, e faria com que parecesse um acidente ou uma enfermidade qualquer, apesar de que, mais tarde, semearia indícios aqui e acolá, para que todos adivinhassem ter-se tratado de um caso de honra lavada. Poderia expulsar a filha de casa e, pretextando uma viagem qualquer a alguma cidade distante, abandoná-la em uma rua de má fama.

– Entre tuas iguais! É aí que deves ficar – iria ouvi-lo dizer friamente, sem olhar para ela.

Por entre uma pontada e outra na região pélvica, um rosto passava-lhe fugaz no pensamento, olhos vivos, cabelos escuros, lábios ternos, dos quais nunca se ausentava o sorriso. No suplício que agora experimentava, Marília encontrava sempre um segundo de lucidez para se lembrar dele.

Em seu estado debilitado, as lembranças iam e vinham, como uma flor ao sabor do vento.

Lauro fizera parte de sua curta vida desde sempre. Eram primos. Apesar de morarem em fazendas um tanto afastadas, isso não impedia que se visitassem com frequência. Havia até um rumor velado de que um dia se casariam. Todavia, na maior parte do tempo, ambos queriam apenas correr pelas terras, divertir-se. Muitas vezes, abrigados do olhar severo dos pais, entregavam-se aos folguedos em companhia dos meninos negros que viviam pelo quintal, enquanto os negros adultos se debruçavam nos pesados afazeres da casa grande e do campo.

Passada a primeira infância, Lauro, que era pouco mais velho que Marília, foi levado para Mariana, a fim de dar continuidade aos estudos que fizera em casa. Apesar da tristeza que os envolveu, a curta distância até a cidade permitia que viesse sempre passar pequenos períodos em casa, ocasião em que não deixava de ir vê-la. Porém, algo se modificava em sua relação, antes pueril.

O correr dos anos transformou-o em um formoso jovem, que o ensino e os rigores da disciplina escolar junto aos padres poliram de forma admirável. Ela, maturada pela entrada na adolescência, convertera-se em um anjo de graça e beleza. A vigilância sobre eles tornou-se mais rígida. As visitas mútuas eram acompanhadas de mucamas, que velavam pela pureza da flor-menina. Mas não havia a menor necessidade. A doçura e o respeito com que se falavam deixavam claro que não desceriam a tais níveis de imoralidade, asseveravam as aias à mãe da moça, sempre inquieta.

Terminado o curso de humanidades, a família decidiu enviar Lauro para a Europa, a fim de completar os estudos. Direito, claro. Após tantas gerações de lutas, a riqueza alcançada finalmente os permitiria terem seu primeiro doutor nascido naquelas bandas.

Os trâmites legais e os preparativos da viagem levariam pelo menos um ou dois anos. Os contatos eram feitos pacientemente, a distância, e incluíam a remessa de documentos civis e eclesiásticos, bem como cartas de recomendação e outros papéis pertinentes. Recursos materiais foram sendo separados pela família do rapaz, enquanto o enxoval era confeccionado com esmero. O jovem par ia vivendo como que envolvido por um véu de esquecimento, apesar da excitação geral.

A porta do quarto se abriu de repente, interrompendo o fio dos pensamentos de Marília, prostrada no leito. Ela reconheceu a parteira que levara a cabo o processo. Aproximando-se, a mulher examinou-a detidamente, em especial o baixo ventre. Pareceu satisfeita. De uma bilha, retirou um gole de água fresca que verteu em seus lábios ressequidos. Marília engoliu com dificuldade.

Dona Antônia, sua mãe, a poderosa sinhá daquelas terras, dormia exausta em uma cadeira de balanço, espremida num canto do quarto, próxima a uma das janelas. Seu rosto era uma máscara de abatimento (seria remorso?), que a luminosidade bruxuleante das lamparinas fazia parecer como que esculpido em pedra.

Aquelas haviam sido horas de horror e sofrimento incalculáveis, fruto da crueldade da parteira e da conivência da mãe. Marília olhou para o teto. O líquido refrescante proporcionara-lhe certo refazimento. A névoa de dor que lhe cobria a visão se dissipou momentaneamente. Em sua mente, reviu o dia em que o primo viera anunciar sua partida próxima.

– Em dois meses... – disse Lauro, com voz surda.

Pela primeira vez, se olharam de um modo novo. Tanto tempo se passara desde a infância, e apenas agora podiam perceber o amor que os unia. Um desespero velado, fundo, cheio de amargura foi penetrando no íntimo das duas almas. O tempo escoava-se inexoravelmente. As visitas foram-se convertendo em tormentos do coração. Os olhares que trocavam e as palavras entreouvidas pelas mucamas eram como dardos envenenados que cruzavam os ares e cravavam no peito.

Quando poucos dias restavam até a partida do rapaz para o Rio de Janeiro e, enfim, para Portugal, quiseram tudo revelar às famílias, mas o sistema hierárquico e os rigores da conduta os impediram. Todavia, combinaram que se encontrariam pelo menos ainda uma vez, secretamente, antes da viagem.

Em uma tarde luminosa que acabara de se iniciar, Marília burlou como que por milagre a vigilância que a cercava na casa grande e desceu até o rio que lhes servira de refúgio para as brincadeiras de antigamente. Chegaram quase que ao mesmo tempo e se atiraram nos braços um do outro pela primeira vez. Sentiram a proximidade do amor e o vazio da separação, a doçura do beijo e o fel dos lábios. Não podendo ou não querendo resistir, se entregaram, num misto de agonia e êxtase.

Durante horas o amor se consumou, triste, mas em plenitude. Separaram-se quando o sol se punha, com a promessa de voltarem no dia seguinte. Porém, tal encontro nunca se realizou. Marília não logrou as facilidades do dia anterior, quedando desesperada. Depois, soube que Lauro acabara por partir mais cedo, em virtude de arranjos de última hora.

Durante o primeiro mês, a opressão no peito e o sufocamento só se abrandavam quando Marília recordava o dia da primeira e única felicidade que jamais tiveram.

Pensou em esperar por ele, mas o pai já mencionara que tinha planos matrimoniais para ela. União de fortunas, multiplicação de riquezas, certamente. No mais, sinhô Vitorino nunca consentiria que desperdiçasse o seu viço, aguardando a volta do primo.

Certa manhã, já iniciado o terceiro mês, desde a separação, Marília acordou extremamente indisposta. Os vômitos convulsivos foram, a princípio, atribuídos a algum problema digestivo. Ao persistirem, julgou-se estar abatida por algum mal-estar feminino. Mas, para ela, a realidade não se fez ocultar por muito tempo. Em seu ventre, um pedaço dele crescia.

Sinhá Antônia não tardou a perceber que algo estava suspenso no ar. Abordou a filha com inaudita violência, inclusive física, e pressionou-a até que tudo fosse revelado. Seus gritos foram lancinantes:

– Pecado mortal! Pecado mortal!

Assustada, a filha tentava entender como o amor que sentia poderia ser pecaminoso. A mãe decidiu não contar ao pai, temendo uma tragédia. Conhecia-lhe o temperamento iracundo. Entrou secretamente em contato com uma parteira, uma "fazedora de anjos", para que o fruto do pecado fosse extirpado das vísceras da filha. Seria apenas um segredo esquecido.

No dia marcado, escolhido pela sinhá porque o marido viajaria a negócios, a parteira chegou logo cedo, na companhia de duas negras ainda moças. Pelo janelão aberto, Marília contemplou, em profunda angústia, a aproximação das mulheres pelo caminho pavimentado com cascalho. Sentia um vazio indescritível.

O sol nem bem raiara e sinhá Antônia entrou no quarto da sinhazinha sua filha, seguida das três mulheres. Era um estranho cortejo e que arrastava atrás de si a morte, dissimulada sob o véu da justiça e da pretensa restauração da honra familiar.

A parteira aparentava estar na casa dos 60 anos ou mais, apesar dos movimentos firmes e decididos. Era uma figura sombria e acinzentada, como se as outras cores a tivessem abandonado. Ela envergava um vestido claro, de mangas compridas, que arregaçou logo, e fechado no pescoço. O cabelo encanecido estava preso em um coque no alto da cabeça. Trazia consigo uma mala pequena, que depositou sobre a larga cômoda.

Enquanto dava instruções para a sinhá, a velha retirou da valise um avental dobrado, de aspecto repugnante. Havia sido lavado e passado a ferro (havia vincos no tecido), mas estava visivelmente encardido pelo uso constante. Após tê-lo envergado, de costas para Marília, foi retirando alguns objetos de dentro da mala e colocando-os nos bolsos do avental.

Sinhá Antônia saiu pressurosa com as duas escravas, para dar andamento nas providências que lhe cabiam, enquanto a parteira sentou-se, em gélido silêncio, numa banqueta almofadada em veludo vermelho e com pés torneados. Apesar de olhar ocasionalmente para sua "paciente", não alterava a expressão dura e impassível da carantonha fustigada pelos anos de entrega ao crime velado. Mergulhou em reminiscências.

Capítulo 2

Ato consumado

AFONSINA, "A FAZEDORA de anjos", entrava e saía de alcovas luxuosas e de mansardas obscuras, sempre acompanhada de seus instrumentos de morte. E mais do que deixar crescer simplesmente uma carapaça espessa que a preservasse de experimentar o menor resquício de piedade, ela se sentia como transmutada interiormente em pedra bruta. Não havia mais necessidade de proteção. Era inexpugnável.

Qualquer sentimento que penetrasse seu espírito pelos sentidos do corpo se deparava apenas com um bloco de granito frio e estático, onde não conseguia reverberar. Era virtualmente impossível que algo fosse capaz de tocar-lhe as fibras íntimas. Não conhecera, desde a mais tenra juventude, nem ódio, nem amor verdadeiros, nem piedade, nem revolta.

Tivera, ela mesma, dois filhos, quando ainda morava em Salvador, frutos de um amor proibido, um concubinato com um homem casado que a abandonara ao se mudar da cidade com a família, sem deixar-lhe a menor indicação de para onde ia. Devastada, ela quis matar as crianças ainda pequeninas, uma delas um bebê de poucos meses. Mas os filhinhos eram mais que a consequência de uma relação destruída pela crueldade humana. Eram parte de si mesma. Se os eliminasse, essa parte iria com eles. Mesmo sem levar a cabo o ato extremo, chegou à conclusão de que não poderia encará-los nunca mais.

Foi assim que Afonsina deixou os pequenos na roda de um convento, numa madrugada silenciosa, e se atirou no mundo em busca de esquecimento. Dois anos mais tarde, acabou se fixando nas Minas Gerais. Logo que chegou, e por um golpe do destino, passou a trabalhar como cozinheira numa faustosa casa de Mariana. A velha negra que lá se dedicara àquela função tinha morrido e as escravas mais jovens da família tentaram o ofício sem o sucesso desejado pela senhora.

Isso era o que todos pensavam. Na verdade, Afonsina acabara indo para lá por um motivo bem diverso. Ela se oferecera de forma insinuante para ajudar uma moça da família a se livrar de um bebê inoportuno, depois de ouvir acidentalmente uma conversa furtiva no confessionário de uma igreja em que fora pedir auxílio, quando chegou à cidade mineira.

O vínculo de segredo e o medo da delação a mantiveram na casa por muitos anos. Porém, sua fama macabra começou a se espalhar de boca em boca, e amiúde se entregava à nova atividade em suas horas vagas.

Finalmente, o ouro arrecadado com as mortes que perpetrava permitiu que comprasse um sítio modesto e passasse a morar só, deixada em paz pela Igreja e pela lei dos homens. Afinal, suas mãos imundas (ela o admitia, friamente) já haviam passado por toda a região. Quem a denunciaria? Quem a condenaria?

Com o tempo, recrutou duas jovens escravas, que comprou por uma ninharia em um prostíbulo. Uma das negras, um pouco mais sensível, dizia que estava juntando o que recebia, que não era muito, para um dia comprar sua alforria. Mas, enredada que estava na malha do mal, não podia prever que isso jamais aconteceria.

A desencarnação a colheria pouco mais tarde, a pedido de um espírito amigo que suplicou aos benfeitores que a tirassem da carne antes que a desgraça comprometesse ainda mais seu já triste caminho evolutivo. Foi assim que, dois anos após os eventos na casa grande, ela deixou o plano material, picada no rosto por uma cascavel, enquanto cochilava na soleira da porta do quintal, se refazendo do almoço.

Antes de chegar a Mariana, a "senhora da morte" nunca havia cometido tal delito. As técnicas aprendidas, mas nunca antes praticadas, haviam sido o resultado dos ensinamentos de uma velha tia, que era parteira em Salvador. O tempo encarregou-se de aperfeiçoá-las.

No início de sua "carreira", ela trouxera ao mundo uma infinidade de bebês, mas, com o tempo e as oportunidades, seu "ramo de atividade" foi mudando. Inclusive porque os lucros eram muito maiores. Hoje, sua lista de abortos era impressionante. Eram já 305. Tinha o número vivo na cabeça, depois de quarenta anos só nesse tipo de trabalho.

Por fatalidade do destino, já perdera algumas de suas "pacientes", não muitas, mas em quantidade suficiente para fazê-la meditar, se fosse capaz, sobre a possibilidade de estar, de fato, cometendo assassinatos. Mas não se importava. Ela ia aumentando a cifra mentalmente com uma naturalidade desconcertante.

Há muito deixara de crer em Deus e na vida além da morte, razão pela qual vivia cada dia com a intensidade que podia. Não que se dedicasse à dissipação dos prazeres. Levava uma vida quase frugal. A alma pétrea não encontrava mais alegria em nenhum deleite do mundo.

Aproximava-se dos sete decênios de caminhada e aguardava estoicamente a morte, que finalmente a mergulharia no esquecimento, no nada. Tinha firme convicção de que somente assim seria aliviada da existência fria que levava. Chegava mesmo a refletir, como que desejando-a ardentemente:

- Do frio da vida, para o frio do túmulo - raciocinava, no silêncio das horas. E seu coração se aliviava, na antecipação de desaparecer para sempre.

Se tivesse coragem para tanto, teria dado cabo da própria vida há muito tempo. Entretanto, uma coisa era ser indiferente para com tudo, outra era ter coragem de esmigalhar o próprio crânio com um disparo de pistola ou corroer as entranhas com um veneno, dos quais conhecia uma infinidade. Não. Que a vida se esgotasse nela quando fosse a hora, quando seu corpo não aguentasse mais e desfalecesse naturalmente.

Subitamente, absorta que estava em seus próprios pensamentos, Afonsina teve um ligeiro sobressalto ao ouvir o estalo metálico do ferrolho da porta. Era sinhá Antônia que voltava com as duas escravas. Em alguns movimentos rápidos, as negras diligentes afastaram os móveis, para poderem circular livremente, e fecharam as janelas de madeira, acendendo duas lamparinas.

Sob o olhar vigilante da parteira, as escravas aproximaram-se da jovem vítima, puseram-na de pé, no meio do quarto e tiraram-lhe toda a roupa. Depois de vesti-la numa camisolona de algodão cru, bem folgada, deitaram-na de costas no leito e afastaram as cortinas do dossel, amarrando-as. A atmosfera tornara-se pesada com a chegada de dois caldeirões de água fervendo, depositados ao lado de uma pilha de toalhas limpas.

Sem uma palavra, a mulher sombria tirou do bolso do avental um instrumento de ferro enegrecido, como se houvera sido besuntado com gordura e levado ao fogo inúmeras vezes. Era fino e curvo, com um pequeno cabo de madeira roliça, e estava enrolado em um trapo velho. As escravas dobraram as pernas da "paciente", expondo sua intimidade. Não achariam nada ali, Marília refletiu. Estava oca por dentro, inerte.

Então, com mal contida violência, o instrumento começou a lhe rasgar a carne. Marília sentiu que ia gritar, mas não conseguiu, pois mordia uma touceira de algodão trançado. A dor ultrajante a envolveu e perdeu os sentidos. A última coisa que lhe passou diante dos olhos, antes de desmaiar, foi o sorriso de Lauro.

Marília despertou algum tempo depois. Abriu os olhos devagar, respirando com dificuldade, num estado de semiconsciência. Olhando de lado, viu a parteira embrulhando alguma coisa sanguinolenta em um pedaço de pano, auxiliada pelas duas escravas. Dona Antônia estava de pé, no fundo do cômodo, com o rosto voltado para a parede.

A coisa deveria ter o tamanho de uma fruta pequena, ou de uma lasca de carne para ser assada. Não entendeu à primeira vista o que era, até que a realidade a atingiu em cheio. Era o que restava do bebê em formação que estivera em seu ventre. Ensaiou um grito de horror, mas a emoção foi devastadora. Perdeu os sentidos.

Ela "ia e voltava". Numa das voltas à consciência, acordou com os repuxos e empurrões que lhe davam no corpo. Percebeu vagamente que tentavam retirar de sob seu corpo os lençóis que haviam sido estendidos por sobre um couro de boi inteiriço, impermeabilizado com banha e seco ao sol, para não deixar que o colchão fosse manchado. Pela forma com que remexiam nela, pôde sentir que não estava fácil a tarefa. Voltou os olhos e teve uma vertigem. Os tecidos amontoados no chão estavam virtualmente ensopados.

Jamais vira tanto sangue, a não ser quando menina, numa ocasião em que presenciou o abate de uma vaca na fazenda. O animal estertorara além do usual, espalhando o líquido da vida numa vasta área em torno de si. Quando a pobre criatura finalmente entregou-se para alimentar seus algozes, seu corpo chafurdava num lago vermelho. À noite, sua carne já estava na mesa do sinhô, alegrando seus convivas. Fortemente impressionada, a menina levou muito tempo para comer carne outra vez.

Foi por isso que, quando se viu estirada no leito,

olhando o sangue que a rodeava, Marília compreendeu como ela e o pobre animal eram semelhantes em seus holocaustos. O sangue dele fora derramado pela ganância, pela gula insana dos homens. A diferença é que o nobre destino do bicho, manter vivos os seres humanos (para que pudessem cometer mais e mais atrocidades, naturalmente), não tinha sido o mesmo dela.

Seu filho fora-lhe arrancado como uma doença, um tumor. E todo aquele sangue nos lençóis provava que seu sacrifício também havia de ter sido enorme, talvez extremo. E voltar à vida para quê? Não havia mais sentido em nada. Fora imolada por carrascos cruéis que a nutriram durante uma vida inteira só para aquele momento. Fora cevada para ser degolada.

Os panos imundos da cama foram substituídos por outros limpos. O couro impermeável, no entanto, foi deixado. O que esperavam, afinal? Mais sangue? Ela lamentava, mas não tinha mais a oferecer. Esvaíra-se inteira. Pelo menos no espírito, não tinha mais nenhum fluido vital para entregar. Estava seca. Sua mente rodopiou e ela desfaleceu novamente.

E foi então que, no sono agitado que se seguiu, sinhazinha Marília teve o sonho consolador que abriu esta narrativa, e no qual alguém acariciava seus cabelos e a amparava em meio ao inferno que experimentava na carne e no espírito. Só depois ela saberia que o ser sublime que velava por ela, em espírito, era Geralda, sua avó paterna.

Marília respirou fundo e perscrutou o ambiente pesado do quarto. Notou que a mãe e a parteira conversavam, afastadas do leito, em voz baixa. Não podia entender o que diziam, mas percebeu que as duas escravas não estavam mais por perto. Nem os apetrechos sanguinários, nem a mala pequena que os carregava. A jovem deduziu que a mulher das trevas estava de partida.

Em poucos instantes, as duas interlocutoras deixaram o quarto sem sequer voltarem o olhar para a vítima indefesa, que foi deixada à própria sorte. Marília chorou baixinho de vergonha e humilhação. Que seria dela no futuro? E acaso haveria um futuro? Cerrando as janelas da alma, dormiu em seguida.

Quando voltou a si, percebeu o quarto um pouco mais fresco. As janelas tinham sido meio abertas. Disse depois sinhá Antônia que Afonsina o havia recomendado, em sua "vastíssima experiência" no assunto, pois o ar puro seria benéfico naquele caso; mas sem correntes de vento que pudessem resfriar os humores[1] do corpo, dificultando-lhes a recomposição.

As lamparinas tinham sido apagadas e a penumbra se dissipara. O ambiente estava limpo e o cheiro do campo substituíra, em parte, o penetrante odor de morte. Debilitada, Marília viu que lençol a cobria da cintura para baixo, escondendo-lhe as formas. Porém, notara, pelo contorno do corpo, que no baixo ventre havia um volume qualquer que lhe alterava a silhueta.

Mexeu-se um nada no leito e sentiu que, entre suas pernas, meio abertas e apoiadas em travesseiros, havia al-

1. Segundo a medicina antiga, herdada dos tempos greco-romanos, o corpo era mantido pelo equilíbrio de quatro humores: o sangue, a fleuma, a bile escura e a bile amarela. **Nota do Autor Espiritual.**

guma coisa. Parecia uma pequena trouxa de toalhas ou de algum tecido, dobrado várias vezes. Só havia duas possibilidades. Ou aquilo estava ali apenas para a eventualidade de ela deitar mais sangue, ou não haviam conseguido estancar de todo a hemorragia. Intimamente, quase desejou fosse a segunda opção. Não queria mais viver. Estava aleijada para sempre, se não no corpo, no espírito.

Lembrou-se do bebê. Que teriam feito com ele? Tão pequenino, embrulhado naquele pano tosco, poderia ser lançado no lixo da casa e ninguém se daria conta. Tê-lo-iam sepultado? Onde? Se um dia estivesse pelos campos ou na mata fechada e achasse uma cruz perdida, fincada no chão, não deixaria de ali dizer uma Ave Maria. Talvez estivesse rezando junto à cova de seu pequeno rebento.

Ele seria um anjinho, agora, daqueles de igreja. Lembrou-se de um que achava particularmente belo, dentre os tantos que ornavam o altar-mor da Sé de Mariana. Nas festas religiosas mais importantes a família passava alguns dias na cidade para acompanhar o tríduo das celebrações. E ela adorava contemplar aquele anjinho pintado na madeira, flutuando com suas asinhas aos pés de Maria. Era tão formoso, seu rostinho, tão natural, que parecia uma criancinha de verdade. Assim deveria ser seu filhinho, agora. Quem sabe, se um dia voltasse ao templo, não veria uma imagem a mais no altar, sorrindo e acenando para ela durante a missa? Tossiu de leve.

Sinhá Antônia entrou silenciosa no quarto e se aproximou do leito em passos hesitantes, como se receasse o que iria encontrar.

Fechando os olhos, Marília fingiu dormir. A mãe deteve-se a examinar a filha de alto a baixo. Ergueu de leve o lençol e ajeitou os panos que serviam de tampão. Haviam tido um trabalho enorme estancando o sangue, que teimava em correr. A certa altura do procedimento, as duas negras que acompanhavam a parteira chegaram a abanar a cabeça uma para a outra.

Felizmente, tudo agora estava sob controle. Como todos sempre o faziam, sinhá dera graças a Deus, quando Afonsina partiu, sombria como chegara, de alma mais negra que a pele das escravas que lhe serviam de comparsas. O trio causava profunda repulsa, mas todos achavam que era preciso que houvesse abutres para limpar a carniça e a sujidade do mundo.

Olhando a filha, sinhá Antônia pensou que o fim justificava os meios. Sabia perfeitamente que abalizara um pecado mortal. A morte de um pequeno de Deus era grave crime, mas sentia-se justificada, porque ele tinha sido o resultado de outro crime, a desonra à filha.

Deus perdoaria um pecado pelo outro, porque ela, como mãe zelosa, estava apenas aplicando o "olho por olho, dente por dente". Tudo ficaria bem. O marido não voltaria senão em uma semana, o que, segundo a parteira, seria tempo suficiente para que Marília se recuperasse. A menos que... sinhá Antônia estremeceu ante a lembrança das últimas palavras de Afonsina: "A menos que o sangramento volte".

– Neste caso – completou – será melhor chamar o médico imediatamente.

Mas, como chamar o médico, com o marido em casa?

Ele antes mataria a filha ou a deixaria morrer à míngua. Mas se o prático não viesse, ela morreria de qualquer jeito.

A mãe sacudiu fora os pensamentos funestos sobre o porvir e se concentrou no agora. Nada aconteceria. Tinha fé nisso. Segurou entre as suas as mãos da convalescente e tentou esboçar um sorriso. Saiu apenas um esgar de inquietação, que nem de longe seria capaz de passar por uma manifestação de simpatia.

Marília entreabriu os olhos e, sem ler nenhum sinal de encorajamento ou força na máscara materna, piscou lentamente e desviou o rosto para o outro lado. Não suportava mais a presença da mãe. Mas tampouco a odiava. Surpreendeu-se, sentindo dela uma piedade enorme. De olhos fechados, simplesmente escorregou outra vez para o estado de sonolência profunda.

Capítulo 3

Intervenção do Alto

Por volta do meio-dia, Marília ainda estava mergulhada no sono. Despertando-a ocasionalmente, sinhá Antônia dera-lhe de beber, por recomendação da parteira.

– É para recompor o sangue perdido – dissera.

Ela receitara também uma dieta de líquidos quentes, em especial canja de galinha cozida com as ovas. Segundo ela, as propriedades terapêuticas da gordura da ave eram vitais ao bom restabelecimento da saúde em qualquer doença, assim como para restituir os humores que se perdiam nos estados debilitantes. Afonsina ouvira isso de um médico bastante famoso, certa feita. Quanto às ovas, defendia que as propriedades daquela parte da galinha traziam em si a força da vida.

Porém, ao repassar a sinhá Antônia as instruções sobre o "pós-operatório", a parteira não lhe recomendara tudo o que sabia. O ideal, como apregoava sua velha tia de Salvador, seria a mãe comer a própria placenta, como fazem as fêmeas dos animais. Afonsina até tentara isso numa ocasião, com uma paciente, mas a mesma não resistira e morrera. Por via das dúvidas, resolvera nunca mais fazê-lo, achando que a humanidade estava ainda imperfeita para certos tratamentos avançados.

Ouvira dizer mesmo que nas Índias longínquas, alguns médicos prescreviam que seus atendidos bebessem os produtos de suas próprias bexigas. Ela achava tudo válido, mas já estava velha demais para ficar inventando métodos e testando receitas.

Ouviu-se uma batida leve na porta. Sinhá Antônia abriu o ferrolho, recebeu por uma fresta o vasilhame com a canja fumegante e dispensou a escrava para que voltasse à cozinha. Era só o que faltava! Uma negra bisbilhoteira. Elas eram melhores que o melhor correio de El Rey. Em horas, sabia-se na região tudo o que um emissário da corte levaria dias para tornar conhecido.

A senhora foi até o leito e acordou a filha com uma sacudidela. Com as forças que pôde reunir, Marília ergueu-se nos cotovelos com o auxílio da mãe, que logo lhe colocou sob a cabeça e os ombros um volumoso travesseiro. Sinhá Antônia levou-lhe aos lábios a tigelinha e ela sorveu pausadamente alguns goles. Seu estômago estava muito fraco, mas acolheu resignado o líquido quente.

O caldo estava bom. Marília lembrou-se de Zefa, a cozinheira, uma negra forte e suarenta, de meia idade, sempre envolvida pelo turbante e o avental, o que aumentava ainda mais o calor que sentia ao lado do fogão comprido da casa grande. Desde que a sinhazinha era ainda menina, a escrava, sua ama de leite, dedicava-lhe um amor especial. Sempre conversavam muito, entre um biscoito e outro. A negra a conhecia muito bem, talvez mais que a mãe.

Alguns dias antes, quando se convencera de que seu ventre abrigava uma nova vida, Marília entrou cozinha adentro e sentou-se defronte larga mesa de madeira maciça. A antiga peça utilitária estava picotada, lavrada e encovada aqui e ali, em virtude das muitas décadas de marteladas, facadas e machadadas.

A negra estava amassando um pão, entretida em animada conversação com uma mocinha que a auxiliava para aprender o ofício. Ao ver a sinhazinha sentada, Zefa calou-se e mandou a ajudante buscar qualquer coisa no quintal, recomendando que lá ficasse até que a fosse chamar. Depois, aproximou-se da filhinha de leite, visivelmente aflita e sentou-se do outro lado da mesa.

Vê-la triste sempre consternava a escrava. Já sabia do amor que nutria pelo primo Lauro, e o quanto ela ficara abalada com a partida do rapaz para o Reino. Mas havia algo mais ali. Fitou a mocinha demoradamente e fechou os olhos. Como sempre acontecia, logo Deus falou com ela por meio de um de Seus enviados.

Depois que partira para o "lado de lá", o velho escravo Belmiro, que cuidava da saúde física e espiritual de toda a gente daquela região, passou a mostrar-se a ela em momentos difíceis. Sentindo sua presença, Zefa abriu os olhos e viu-o de pé, trajando uma fulgurante roupa branca. A barba, tão alva quanto a roupa, fazia moldura para o rosto negro, ligando-se ao cabelo encarapinhado da mesma cor. O espírito passou os dedos pelos cabelos da sinhazinha, de quem sempre gostara, apesar de tê-la visto somente uma vez, quando ela fora visitar a fazenda em que morava.

Marília sentiu a onda de calor e ternura e arregalou os olhos. Sabia o que era. Já estava acostumada com os contatos da ama com o Alto. O velho guardião abaixou-se e tocou de leve o ventre da sinhazinha. Zefa estremeceu e duas grossas lágrimas brotaram de seus olhos. Antes de desaparecer, o benfeitor Belmiro olhou a amiga e disse apenas, à guisa de despedida:

– Muita oração, minha filha, muita oração... – E se foi.

Zefa levantou-se, tirou o avental, rodeou a mesa e aconchegou a filhinha ao regaço. A angústia da pequena, depois de tantos dias sem poder falar a ninguém sobre o assunto, explodiu num choro convulsivo. A mãezinha negra acariciava sua fronte e orava em silêncio. Jesus não deixaria nada de mal acontecer com ela. Ah! Não... Ele não deixaria.

Naquele momento, sinhá Antônia entrou na cozinha. Ficou extática por alguns momentos. Em seguida, rompeu o silêncio, perguntando:

– O que está acontecendo aqui?

Sabia da ligação de Zefa com sua filha de leite, mas nunca se incomodara em demasia com o fato. Todo mundo sabia que as amas se apegavam às crianças brancas. Só não aprovavam esse contato físico depois que cresciam. Ante o olhar perquiridor da orgulhosa branca, o par se separou e Marília disparou para o quintal.

A mãezinha de leite, fazendo-se de desentendida, disse que nada sabia. Vendo que seria inútil um bate-boca com a escrava, a senhora da casa resolveu concentrar os esforços na filha. Foi-lhe ao encalço e armou-se o triste pandemônio. Com a verdade revelada à força, em três dias chegou a parteira com suas duas asseclas, a fim de desatar o "mal terrível que se anunciava sobre aquela casa", como diria sinhá Antônia.

BEBENDO O CALDO, as lembranças assolavam a jovem. Com dificuldade, devolveu a vasilha de barro para a mãe e pediu debilmente para que a senhora não retirasse o travesseiro alto, porque queria olhar pela janela. A sinhá redarguiu que a parteira recomendara cautela com as correntes de ar, mas acabou não resistindo. Entredentes, murmurou:

- Só um pouco - e abriu por inteiro os janelões.

Apesar da paisagem ensolarada, de estonteante beleza, Marília fechou os olhos com tristeza e aspirou o ar quente e odoroso que entrou numa lufada. Sentiu um lampejo de vida, mas soube-o breve. Que pena seria deixar tudo aquilo. Entretanto, a ama lhe contara inúmeras histórias sobre lugares maravilhosos, cidades de diamante e esmeralda que ela visitava em sonho, sempre escoltada pelo velho Belmiro, e onde moravam os benfeitores de Jesus que velam por nós.

Marília não tinha medo de morrer. Só queria ter tido oportunidade de ser mãe e esposa, de viver com Lauro, o amor de sua vida, e retribuir-lhe tanta dedicação. E de cuidar do seu pequenino. Mas estava tranquila. Que fosse feita a vontade de Deus.

A noite acabou por chegar e acolher a todos os moradores do casarão em seus braços sedosos, inspirando ao repouso. Na senzala, também as estrelas vieram perfumar a vida dura daquelas criaturas. Fustigadas pelo cansaço, deitaram-se em redes e leitos de palha trançada, tentando obter, em condições tão tristes de passagem pela Terra, um pouco de paz para o espírito humilhado e o corpo exausto. Somente alguns dos escravos dormiam num puxado da casa do senhor, para atender-lhes as necessidades noturnas, caso precisassem. Uma das que lá ficavam era Zefa.

Sensível aos fatos da vida espiritual, ela passara aquele dia tomada por um abatimento profundo, uma opressão no peito que não conseguia explicar. Muitas vezes vinha-lhe à mente a filhinha de leite, sem saber o porquê. A negra intuiu que algo terrível poderia estar acontecendo em relação à gravidez.

É verdade que andara preocupada ultimamente, mas naquele dia tinha sido diferente. Uma sombra pairava sobre aquelas paragens. Zefa entregou-se à prece, não sem antes recordar o que uma das ajudantes do fogão lhe contara. Disse que vira chegar à casa uma mulher branca, de aspecto estranho, acompanhada de duas escravas, e que subiram todas para o quarto da sinhazinha. Depois disso, toda a criadagem foi proibida de se aproximar daquela parte da casa.

Disse a sinhá que a filha passaria por um tratamento, mais especificamente uma sangria para aliviar-lhe um pouco o fígado. Mas por que aquela velha bruxa, e não o médico de Vila Rica, que por ali andara em outras ocasiões? A mãe de leite sabia, seu coração lhe contava que iriam matar a criança no ventre. Esse crime já era por demais terrível, mas a morte não ficaria só nisso. A negra temia pela vida da filhinha. Era muito frágil. Se seu espírito se abatesse em demasia, o corpo desistiria facilmente de viver.

Zefa encerrou as preces entre lágrimas, apertando as mãos. Virou-se de lado no estrado de palha, ainda de mãos postas. No leito ao lado, ressonava sua ajudante. Quando finalmente conseguiu dormir, pairou por alguns instantes ao lado do corpo e logo se viu amparada por Belmiro. O benfeitor disse-lhe que fossem ao quarto da jovem, pois ela precisava urgentemente de ajuda para minorar o sofrimento.

Lá chegando, viram sinhá Antônia, que dormia na cadeira de balanço. Seu cordão de prata[2], que ligava o espírito à matéria, estava distendido e oscilava no ar. O liame atravessava a parede e perdia-se na noite. Pela agitação do rosto e as contrações esporádicas do corpo físico, a sinhá encontrava-se em alguma região insalubre moralmente, pois o reflexo das conversações que manti-

2. Na nomenclatura espírita, é chamado cordão perispirítico.

nha, das paisagens que via e das ações que experimentava eram todas projetadas no corpo.

Marília, por outro lado, permanecia flutuando acima do corpo, aproximadamente a um metro do leito. Devido à exaustão quase total de suas energias corpóreas, dormia um sono profundo, pois não tinha forças para fazer-se consciente. A seu lado, uma senhora de feição luminosa e de olhos ternos velava por ela. Era Geralda, a avó paterna que tanto a amava e que desencarnara quando a neta era ainda criança. Haviam sido muito unidas, apesar da pouca convivência que tiveram no corpo físico. Suas histórias, lado a lado, perdiam-se no fiar das reencarnações.

Geralda sorriu para os dois recém-chegados e explicou que o espírito que fora abortado já se recolhera a um hospital de uma cidade espiritual próxima e que estava muito perturbado. Sua revolta era ainda maior porque ele e a futura mãe haviam planejado aquela existência com muito cuidado para o resgate de dolorosa pendência de uma vida pretérita.

Era a esperança de que, por fim, se resolvessem os problemas numa existência compartilhada como mãe e filho. Marília e Lauro aceitaram de bom grado o empreendimento de amor, ainda que sabendo os perigos que corriam em virtude das circunstâncias cercando a concepção.

Geralda calou-se, nesse ponto, olhando triste para a neta que dormia flutuando acima do corpo.

– O estado dela é muito grave – retomou.

Foi quando Belmiro e Zefa olharam detidamente

para o ventre da menina. Havia sobre a área uma espessa camada de fluidos escuros. A região genital e os dutos internos que chegavam ao colo do útero estavam dilacerados, indicando que um processo de infecção se instalaria a qualquer momento. Depois, seria o colapso total do organismo físico. A jovem, provavelmente, não resistiria. Mas talvez ainda pudessem fazer alguma coisa.

O preto-velho convidou as duas mulheres a se colocarem em prece à cabeceira do leito, enquanto ele infundia energias poderosas no perispírito da doente. De suas mãos, correntes luminosas desciam abundantes e iam limpando aqueles fluidos pestíferos.

A jovem, assumindo um aspecto fosforescente, foi, aos poucos, abrindo os olhos. Porém, o mentor desencarnado cobriu-os deliberadamente com a mão direita e ela mergulhou novamente em sono reparador. Os três espíritos ainda permaneceram ali por mais um quarto de hora, após o que Zefa partiu com Belmiro para outros afazeres de auxílio caridoso, noite afora.

Geralda, satisfeita, voltou para o lado do leito. De repente, uma agitação se fez na atmosfera psíquica do quarto, como se um manto viscoso envolvesse o cômodo. Acompanhada de dois espíritos de aspecto horripilante, sinhá Antônia voltava de seu passeio pelas regiões profundas. Ela vinha como que embriagada, subjugada por algum poder das trevas.

Os dois verdugos a devolveram ao corpo físico, onde ficaria em estado de sonolência letárgica por algum tempo. Em seguida, as figuras apavorantes aproximaram-se do leito e notaram que os fluidos pesados haviam sido removidos. Agitaram-se, furiosos, e ergueram as mãos para deitar sobre Marília uma nova carga de energias deletérias.

Entretanto, a avó, invisível a eles devido à diferença de seus estados vibratórios, esticou as mãos, fechou os olhos e iniciou uma prece em favor deles. Uma luz azulada projetou-se de seu peito e derramou-se sobre os dois algozes. Como que fulminados por um raio, começaram a gritar e fugiram espavoridos, não sem antes gargalharem:

– Não vai adiantar nada. Ela nos pertence!

Recobrando-se, a avó aproximou-se da cadeira de balanço e contemplou, compadecida, a nora ainda encarnada. Quando o marido de Geralda arranjara o casamento do filho com a jovem Antônia, a senhora tivera certeza de duas coisas: que a nora sofreria muito, mas que era perceptível que havia nela uma semente de comportamento arbitrário, semelhante ao de sinhozinho Vitorino. Por isso, o correr dos anos fez dela a poderosa sinhá daquelas terras.

Ao cabo de duas horas, sinhá Antônia acordou e foi até a cama verificar o estado da filha. Viu-a respirando com certa calma e renovou a esperança de que tudo viesse a ter um desfecho feliz. Derramou numa bacia a água de uma jarra alta de louça, molhou uma toalhinha e refrescou o rosto da jovem. O calor era intenso, apesar da noite fresca lá fora. As janelas fechadas e a agitação haviam deixado o ar pesado.

Jogando o pano de volta na vasilha, sinhá Antônia sentou-se na banqueta e ficou olhando as duas peças de louça finamente lavradas. Jarra e bacia haviam sido presentes de sua irmã, mãe de Lauro. Era um esplêndido conjunto, importado da Europa. Pensou em chamar uma das escravas pela manhã e mandar despedaçar o presente a marretadas. Mas a avareza não o permitiu. Afinal, eram peças raras e valiosas.

Então, uma pergunta se insinuou em sua mente. Por que não tomara atitudes mais enérgicas em relação à proximidade dos dois jovens? Desde muito pequenos, era inegável que se sentiam por demais afetuosos um pelo outro. Quando crescidos, chegou a falar com a irmã e o cunhado para que pusessem o cabresto no filho. Os dois até se mostraram solícitos, mas Antônia desconfiava que eles, secretamente, aprovavam uma eventual união entre seus filhos.

Pensou no sobrinho. A esta altura, ou já estava a caminho do Reino, ou aguardava para zarpar, hospedado em alguma espelunca da zona portuária do Rio. O pai não era conhecido como esbanjador. E nem tinham tanto assim para esbanjar. Ela e o marido, como padrinhos de Lauro, contribuíram com a viagem oferecendo-lhe um traje de passeio completo para sair em Lisboa, nas tardes de domingo, para ver as raparigas casadoiras. E foi só.

Sinhá Antônia teve um calafrio ao se lembrar do marido. Sinhô Vitorino não poderia saber jamais do ocorrido com a filha. Ficaria enlouquecido e não teria nenhum pudor em se entregar a atos extremos. Ligando fatos aqui e ali, ela desconfiava que ele havia se envolvido em duas mortes nas redondezas. Isso, de brancos, porque com os escravos seu furor era sem estribeiras. Tratava-os como animais de carga, impiedosamente fustigando-os ao menor deslize, à menor contrariedade.

No ano anterior, sinhô Vitorino mesmo espancara quase até a morte um negro fugido, recuperado pelo capitão do mato. Reunidos na frente da casa, os escravos foram obrigados a presenciar o espetáculo no tronco. Ele começara com chutes e bastonadas, passando depois, à sua preferida: a chibata. Uma semana depois, o homem acabou morrendo, mas não em decorrência dos ferimentos. Mandado de volta ao campo para trabalhar, escondeu-se no matagal e cortou os pulsos com um facão.

O feitor ordenou que o enterrassem ali mesmo, ao pé de uma elevação rochosa e proibiu que se colocassem cruzes ou marcos na cova. Decretou ainda que aqueles que fossem pegos por ali seriam sumariamente executados.

A morte do negro causou uma comoção na fazenda. O que não souberam nunca é que Marília e Lauro foram até lá, secretamente, e encomendaram sua alma, ainda que postumamente. A moça levou o breviário e, o melhor que puderam, fizeram orações pelo pobre defunto.

O capelão da fazenda vizinha, que vinha à casa grande esporadicamente, foi chamado para uma pregação após o ocorrido. Com palavras inflamadas e olhos injetados, bradou que a alma do escravo ardia agora no fogo eterno, já que a tomada da própria vida era pecado mortal.

Fortemente impressionados, os habitantes da fazenda se dispersaram lentamente, após o espetáculo de retórica. O dia terminou com um lauto banquete, oferecido pelo sinhô ao reverendíssimo padre.

Capítulo 4

Entre a vida e a morte

Sinhá Antônia se deu conta de que réstias tímidas de luz se insinuavam no quarto, pelas frestas do janelão. Suspirou. Era melhor que tudo estivesse de volta à normalidade quando o marido retornasse da viagem.

Voltou-se para Marília e pensou no que seria do futuro. Se ela se recuperasse, integralmente, mesmo assim sua pureza teria sido já conspurcada. Num futuro casamento, a mãe teria que negociar, discretamente e com prodigalidade, o silêncio da outra família. Ora, pensou, nada há acima do chão que o ouro não compre. Diria que um acidente de infância, enquanto a menina galopava, rompera-lhe a virtude. O ouro faria o resto.

E os novos filhos? Havia uma possibilidade de que nunca mais viesse a engravidar, dependendo do estrago que a parteira tivesse feito. Sinhá Antônia teria optado por uma das famosas beberagens que a velha sinistra conhecia. Porém, e se desse errado, se nada acontecesse? Não teriam tempo de tentar outra coisa.

Algo reanimada, sinhá Antônia ergueu-se e abriu uma fresta da janela. O jato de luz nascente desceu sobre a filha e mostrou-a pálida, quase amarelada. A mãe afastou o lençol branco e recuou com um grito abafado. Por entre as pernas da jovem, o tampão estava ensopado de sangue. Atraída de volta ao corpo pela luz do sol, Marília abriu os olhos lentamente e tentou balbuciar alguma coisa, enquanto a mãe corria em busca de auxílio.

Descendo corredor abaixo, a sinhá desesperada ia passando mentalmente em revista o pessoal da fazenda e tentando decidir-se sobre quem poderia socorrê-la discretamente naquela hora de desespero. Sua única possibilidade, acabou por admitir, era a mãe de leite.

Quando chegou na cozinha, o cheiro de quitandas e bolos evolava, convidando ao desjejum. Zefa derramava em um tacho de cobre um galão de leite recém-chegado do curral. Era dia de fazer queijo, e o trabalho logo começaria. Sinhá Antônia chamou-a. A escrava parou o que estava fazendo e olhou para a sinhá com a respiração presa.

Num instante, rodou nos calcanhares, tirou o avental, pegou um caldeirão de água fervente e passou direto pela sinhá em direção ao interior da casa, mais precisamente em busca do corredor dos quartos. Pelo caminho, entrou num roupeiro e de lá saiu com um braçado de toalhas limpas que entregou à senhora.

Sinhá Antônia estava muda de espanto. Nada dissera, mas a negra já estava encaminhando tudo. Como ela sabia? O boato de que era meio bruxa devia ser verdade. Mas isso não importava, desde que fizesse alguma coisa pela filha.

Quando chegaram ao aposento e fecharam atrás de si o ferrolho da porta, as escravas da cozinha já cochichavam a meia voz e trocavam olhares furtivos. Pela abertura da janela, intensa claridade recaía sobre a enferma. Os sons da Natureza que vinham de fora se misturavam ao gemido débil que a moça deixava escapar, num estado de semiconsciência. A ama afagou seus cabelos e disse baixinho:

– Fica forte, minha filha. Zefa vai tomar conta de você.

Mesmo sem ouvir conscientemente, Marília captou em espírito o pensamento da sua benfeitora e parou de gemer. Num gesto decidido, a mãe de leite afastou o lençol branco e seus olhos se arregalaram, para se fecharem em seguida num gesto de dor. Voltou o rosto para a sinhá e seus olhares se cruzaram. A poderosa senhora sentiu as pernas fraquejarem ante a profunda cobrança moral que a escrava lhe fez sem palavra alguma.

A distância social entre as duas - o abismo imposto pela cor da pele - não impediu que a superioridade moral da escrava fizesse desabar momentaneamente a frágil segurança da senhora. Ela balbuciou apenas:

– Pelo amor de Deus...

A negra debruçou-se sobre o leito. Com o máximo de cuidado foi retirando, camada a camada, o bolo de tecidos ensanguentados de entre as coxas da filhinha. Ao terminar, viu a aparência deplorável que dominava a região genital e o baixo ventre da pobre criatura. Baixou o rosto por um momento e duas lágrimas correram-lhe pela face. Controlou a temperatura da água usando o conteúdo da jarra de louça, até ficar morna, e procedeu à higienização da filhinha.

Foi inútil. Quando terminou de remover o grande coágulo que cobria a genitália, o sangue correu outra vez. O fluxo não era tanto, mas contínuo, e não havia como estancá-lo. Ele teimava em descer, como se fugisse ao terror que devia reinar nas entranhas daquele corpo sofrido.

A mãe de leite virou-se para a sinhá, chamou-a para longe da cama e sussurrou que estavam num impasse. Poderiam tentar tamponar a hemorragia e impedir que sua vazão debilitasse sinhazinha até a morte. Por outro lado, reter dentro do corpo o sangue causaria a formação de um grande coágulo, o que indicava que o fluxo não pararia e seria derramado dentro da barriga. Nos dois casos (a negra fez uma pausa), não havia segurança de que a jovem sobrevivesse ao agravamento de seu estado.

Sinhá Antônia estava lívida. O golpe da realidade a atingira em cheio. Ia perder a filha. Seu orgulho ruiu. Cambaleou de leve e apoiou-se na cômoda para não se precipitar no assoalho. Zefa olhou a reação da outra com uma atitude de piedade, uma alma desgraçada pelo mal. Lembrou-se do sonho da noite anterior e da presença amorosa de vó Geralda, que cuidava da menina. Contra os raios do sol matinal, sua visão espiritual se abriu e ela divisou a silhueta da benfeitora, que derramava sobre a neta uma cascata luminosa.

Reanimada, Zefa agarrou as toalhas para tentar estancar o sangue com tampões de diversos tamanhos. Foi o melhor que pôde fazer. Ali não havia nem técnicas nem recursos disponíveis além daquilo. Suada pelo esforço e pela preocupação, a escrava arriou na cadeira de balanço. Aparentemente, a hemorragia estava contida. Talvez tivessem dado à jovem apenas mais alguns dias, ou horas, mas era o que de cristão poderiam ter feito.

Em face da esperança momentânea, sinhá Antônia recobrou o orgulho e mandou que a escrava retomasse seus afazeres na cozinha, declarando secamente que a chamaria se precisasse. A mãe de leite protestou como pôde, mas o olhar furibundo da senhora não deixou dúvida de que entrara em estado de insanidade maligna. A negra ainda olhou a filhinha mais uma vez e saiu para o corredor, levando consigo o caldeirão de ferro e uma trouxa de panos sujos. Disse que voltaria logo com a canja, para fortalecer a jovem.

Sinhá fechou a porta e voltou para a cama, ofegante. Não tinha mais filhos. Complicações na gravidez e no parto haviam-na deixado estéril. Cerrou os punhos. Talvez fosse melhor mesmo que a filha morresse logo, poupando ao pai o esforço de matá-la.

Uma leve batida na porta chamou-a de volta à realidade.

– Mas o que foi que a negra invejosa esqueceu para trás? – pensou, agastada.

Abriu e deparou-se com um moleque ofegante. Ele

pediu perdão por interromper, mas tinha notícias urgentes. Um tropeiro, de passagem pela fazenda, acabara de trazer um recado do sinhô Vitorino. Ele estava já em Mariana, de volta da viagem de negócios pela região e retornaria para casa em dois dias.

Sem esperar resposta, com uma mesura apressada, o negrinho sumiu da vista.

Sinhá Antônia empalideceu e ficou extática, com a mão ainda no trinco. Dois dias? Ele só deveria voltar dali a cinco dias, no final de semana. Mal fechara a porta e uma nova batida se ouviu. Virou-se furiosa para abrir e deu de cara com a mãe de leite, trazendo uma cumbuca de canja fumegante.

Sinhá Antônia irritou-se com a rapidez. Queria tempo para pensar. O caldo devia estar pronto. Recebeu da mão da escrava a bandeja, mas barrou-lhe a entrada com o corpo. A ama olhou-a sem entender e tentou passar mais uma vez. Ante a recusa da senhora, encarou-a, mas uma voz interior advertiu-a de que não insistisse, poupando energias para futuras ações.

A negra apenas fez uma mesura rápida e desceu em direção à cozinha. A meio caminho, sentiu a presença do seu protetor. Apesar de não o ver, deteve-se e mergulhou, sob sua inspiração, em sentida prece pela pequena. Belmiro disse-lhe ao ouvido:

– Isso é o melhor que pode fazer, por agora – e completou: – As duas precisam se resolver sozinhas nessa questão.

A escrava entendeu que dívidas passadas haviam atirado mãe e filha naquela provação, de onde, ao que parecia, apenas a jovem sairia quite com a justiça divina. Sinhá, tendo a chance do arrependimento, estava pondo-a fora irremediavelmente. Mais calma, Zefa retomou seu caminho.

Capítulo 5

TESTEMUNHO

NO INTERIOR DO quarto, sinhá Antônia pousou a bandeja com o caldo sobre a cômoda e aproximou-se do leito. A filha dormia, mais tranquila. Quanto crescera! Lembrava-se ainda do dia em que nascera, da queda do primeiro dente de leite e do momento em que escreveu uma letra pela primeira vez, sob a tutela do preceptor que vinha diariamente da fazenda vizinha para ensiná-la.

Emocionou-se ao recordar uma ocasião em que a menina, faces afogueadas pela corrida desabalada, lhe trouxera um ramalhete de flores do mato e a abraçara em silêncio, voltando em disparada para o quintal. Na ocasião a mãe chorara, mas ocorreu-lhe, agora, que nunca a agradeceu condizentemente pelo gesto espontâneo de carinho.

À medida que ela foi crescendo e se tornando mulher, um sentimento de repulsa intensificou-se e pareceu cegar a mãe em certos momentos, especialmente quando a filha, deslumbrante como uma rosa, se preparava para algum passeio em Vila Rica ou Mariana, ou pelas redondezas, nas propriedades vizinhas.

Sua doçura, aliada a uma beleza estonteante, era insuportável para a senhora. Se houvesse outra vida antes daquela, até poderia crer que uma razão maior presidisse a tais sentimentos.

Mas isso era satanismo, crença de escravo. Mais de uma vez o bispo empreendera campanhas para erradicar essas feitiçarias da capitania, exortando os senhores a castigarem severamente os escravos que as praticassem. Tudo em vão! Secretamente, muitos brancos acreditavam nessas bobagens e faziam vista grossa para as práticas da senzala.

Os negros até que falavam de Jesus, mas benziam e receitavam remédios de plantas ensinados a eles quando em transe demoníaco. Ou então curavam enfermidades, soprando nelas ou impondo-lhes as mãos.

Era difícil eliminar aquela praga, admitia. Houve na região um desses escravos, o velho Belmiro, que se destacou pelo espírito de religiosidade e sabedoria. O povo o admirava. Vinham de longe "consultar" com ele, como se fosse médico ou, pior ainda, um padre! Diversas vezes a Igreja tentou barrar-lhe o ofício diabólico, mas os senhores da fazenda onde morava julgaram por bem deixá-lo em paz. Afinal, tinham escravos demais e não queriam arriscar uma insurreição que viesse a causar prejuízos e mortes.

Essa era a explicação que davam, mas sinhá Antônia tinha certeza de que, secretamente, eles o apoiavam. Tanto que permitiram, depois que sua idade avançou, que ele se mudasse da senzala para um casebre ao pé da mata, onde vivia rodeado por uma plantação de ervas ditas medicinais. Quando alguma planta era necessária ou quando seus amigos maléficos o exigiam, ele se embrenhava na floresta com o facão e uma sacola de couro, que trazia cheia de folhas, flores e cascas de árvores.

Certa feita, quando Marília tinha 4 anos, acompanharam sinhô Vitorino até aquela propriedade, para tratar de negócios. Já na chegada, viram o velho rodeado de gente, nos fundos da casa grande. Estava contando uma lorota qualquer, pensou a sinhá, que prendia a atenção de todos.

Depois que adentraram a sede da fazenda, ela logo se esqueceu dele. Quando se sentaram numa sala interna para tomarem refrescos, a sinhá olhou casualmente pela janela que dava para os fundos e avistou Marília sentada no colo do negro. Saltou da cadeira. Deu-se conta de que, desde que chegaram, não vira mais a filha. Devia ter estado lá todo aquele tempo. Escapando-lhe à vigilância, fora ter com o velho bruxo.

Tentando aparentar calma, sinhá desculpou-se, e saiu em busca da fujona. Quando chegou ao grupo reunido, ouviu o velho falar com bondade sobre algo que não conseguiu distinguir de pronto. Mas a palavra "Deus" chegou-lhe aos ouvidos por duas vezes. Marília olhava o rosto barbado do negro como que em êxtase.

Rompendo com aqueles instantes de paz, a senhora chamou energicamente pela criança que, assustada, olhou para a mãe e foi-lhe apressada ao encontro. Antes de voltarem para a casa grande, a pequena ainda se virou e acenou para o velho, que acenou de volta com uma piscada de olhos.

Corria à boca miúda que o tal negro velho curara de tifo a filha do seu senhor e restituíra os movimentos a sua sogra, depois que essa tivera um ataque apoplético, precedido de um misterioso e feroz episódio de loucura. Quando foi chamado à sede da fazenda, Belmiro apenas conversou algum tempo com ela usando o gênero masculino, como se dialogasse com outra pessoa no quarto e referindo-se à enferma como a vítima desse alguém invisível. Sinhá estava convicta de que esse alguém que atormentava a idosa era um demônio menor do que o negro feiticeiro, e que, sob seu comando, a criatura a deixara, retornando para o fosso infernal.

O escravo ancião era tido como santo, mas ela tinha certeza de que não era nada daquilo. Até deu graças a Deus quando ele morreu. Era velho demais, mas aparentemente se recusava a morrer, até que foi achado numa manhã pelos seus visitantes diários, deitado de costas em seu leito de palha, mãos cruzadas sobre o peito, um sorriso nos lábios. Estava banhado e envergava um traje branco imaculado de algodão cru. O ar rescendia a ervas aromáticas.

Num braseiro, pedaços de madeira odorífica ardiam em silêncio, espalhando no ambiente um perfume acolhedor. O miserável se preparou para morrer, comentou a sinhá, à época. Foi sepultado perto do casebre, frente a uma pequena cruz branca de madeira que encimava uma lápide singela. Segundo seu desejo, plantaram flores ao redor e por cima da cova.

Despertando do seu devaneio, sinhá Antônia olhou para a filha, que acordou, finalmente, piscando os olhos e fitando a mãe com tristeza. A senhora quis vacilar, mas resistiu. A ternura de minutos antes cedeu lugar à velha indiferença rancorosa. Virou-se bruscamente, apanhou a tigela e logo percebeu que a borda de cerâmica era grossa demais.

– Negra infame! Fez de propósito... Deveria ter trazido a tigela pequena. Teria sido mais fácil alimentá-la. Com essa tigela enorme, só mesmo servindo-a a colheradas – suspirou, contrariada.

Sinhá Antônia ajeitou os travesseiros sob a enferma para erguê-la, tomou da tigela numa mão e de uma colher na outra. Sentou-se na banqueta. Elas se fixaram mutuamente e a mãe deu-lhe, algo trêmula, a primeira colherada para que sorvesse. Alguns segundos depois, um filete escorreu do canto do olho de Marília e percorreu a lateral do rosto.

Sinhá Antônia estacou. Sentiu ligeira pontada no coração. A colher parou no ar, antes de mergulhar novamente na tigela. Assim, deitada, olhos encovados, a filha parecia tão frágil. Lembrou-se de como costumava olhá-la dormindo, quando ainda era pequenina, velando para que nenhum inseto viesse ferir a pele delicada.

Em seu ricto, os lábios da poderosa sinhá tremeram imperceptivelmente. Mas a dureza do coração venceu mais uma vez. A colher recobrou os movimentos e também os lábios. Com indiferença glacial, as palavras brotaram:

– Come... Antes que esfrie.

A sopa desapareceu da tigela. Houve um minuto de silêncio. A jovem a intimidava, olhando-a daquele jeito. Tentando aparentar naturalidade, perguntou como se sentia. Marília se lembrou do sonho que tivera na noite anterior. E narrou à mãe que a avó paterna estivera velando por seu sono e que a acariciara por longo tempo, rezando e infundindo-lhe forças.

A mãe teve um estremecimento. Na doença, esses sonhos com os falecidos eram prenúncio de que a morte se aproximava e que os mesmos vinham buscar os parentes.

Aproveitando que a filha estava um pouco melhor, sinhá Antônia disse que se ausentaria do quarto por alguns minutos para se lavar e atender às suas necessidades matinais, incluindo o café, pois não comera nada desde a véspera. Voltaria em um quarto de hora, o mais tardar. Foi até o janelão e o abriu um pouco mais. A luz fulgurante pareceu trazer à triste alcova um raio de esperança.

Sozinha, Marília respirou o ar da manhã. Como gostaria de sair dali e ir caminhar pelos campos, como fazia com o primo amado durante suas visitas. A imagem de Lauro infundia-lhe uma paz e um reconforto sem iguais naquele momento de amargura. Seu coração acelerou ante a ideia de que pudesse um dia viver com ele e o filhinho.

Teriam uma casa branca com janelas azuis, numa

rua tranquila de alguma cidade esquecida pelo mundo e pelo sofrimento. Ele trabalharia na área das leis, já bacharel, e ela cuidaria com desvelo do fruto de seu amor. Ensinaria ao pequeno as primeiras letras. Pentearia seus cabelos cacheados e ajeitaria suas roupinhas para irem à missa dominical, agradecer a Deus por tanta felicidade. Daria à criança toda a atenção que não tivera da própria mãe.

Depois, quem sabe, viesse mais outra, uma irmãzinha. Ela e o marido os veriam crescer, tornarem-se pessoas direitas e amorosas, constituindo suas próprias famílias e enchendo de netos a vida dos pais. Um dia, a velhice dourada chegaria. Ela e o amado partiriam para o outro lado, primeiro um e, não muito tempo depois, o outro. E a eternidade selaria o amor que jamais cessaria.

Marília abriu os olhos de seu sonho acordado e uma dor profunda a atingiu, não no corpo. Aquela foi no coração, na alma. Seu ideal jamais se concretizaria. Seu filho estava morto, num ato cruel que esmagara na pequenina garganta o seu grito de socorro.

Lauro estava a salvo, por enquanto, mas sinhô Vitorino em breve saberia a verdade. A mãe era ingênua ou tentava ser, achando que esconderia do marido um fato daquela magnitude. As línguas humanas são afiadas como a foice da morte. Alguém deixaria escapar um detalhe, ínfimo que fosse, e a desgraça se abateria sobre a casa grande. O amado seria caçado como um animal.

Subitamente, Marília foi acometida de uma forte

náusea, como se o estômago se contorcesse, comprimido por mãos invisíveis. Na boca sentiu o gosto da canja e pensou que ia vomitar nos lençóis. Controlou-se como pôde, mas a cabeça começou a girar (ou era o quarto que rodava?). Reunindo todas as suas forças, virou-se um pouco no leito e tentou colocar a cabeça fora da cama. Onde estaria a mãe? Para seu alívio, viu um par de mãos que seguravam sob seu rosto a bacia de louça da jarra.

O esforço era tremendo. A cada espasmo ao vomitar, sentia como que uma estocada no ventre, como se um cutelo afiadíssimo, daqueles usados no abate de animais, lhe fosse cravado fundo nas entranhas. A dor era tanta que sentiu seus esfíncteres se abrindo e deixando cair no tampão de pano o conteúdo de suas vísceras. Suspendeu o vômito e deu um grito de dor, tamanha a ardência que os dejetos causaram na sua intimidade dilacerada.

Percebendo que nada mais viria por via oral, as mãos que a socorreram pousaram a bacia no chão e deram-lhe um pedaço de travesseiro para morder. Um odor penetrante encheu o ar e a moça chorou de vergonha. As mãos pressurosas descobriram-na, deixando à mostra a região afetada. Além dos excrementos liberados, os espasmos fizeram voltar a hemorragia.

Não havia tempo a perder. As mãos tomaram de toalhas e a limparam o melhor que puderam. A água da jarra, felizmente cheia, foi sendo derramada nos panos e a higiene acabou proporcionando certo alívio à jovem, que respirava com dificuldade e de forma entrecortada, todavia mais calma.

O sangue, entretanto, continuava a brotar. Com agilidade as mãos caridosas improvisaram um novo tampão com pedaços rasgados do lençol enrolados em tiras de toalha. A hemorragia ainda continuou por algum tempo, até que pareceu se conter.

A jovem desmaiou por duas vezes, mas finalmente recobrou a consciência. E percebeu que as duas mãos salvadoras eram negras. Erguendo o olhar, deu com Zefa que, percebendo que a sinhá se afastara do quarto, resolvera visitar a filhinha por alguns momentos. Por sorte, a mãe não trancara a porta.

Marília sorriu de leve e quis balbuciar qualquer coisa, talvez um agradecimento, mas a garganta permaneceu muda. A negra bondosa enxugou sua testa. Seus olhos tentaram parecer encorajadores, mas não conseguiram, porque ela bem sabia da gravidade do que ocorrera. O contato com os dejetos do corpo faria com que a região lacerada zangasse de fora para dentro. Só por um milagre aquilo não seria o início do fim. Marília adormeceu de exaustão.

De súbito a porta se abriu e sinhá Antônia entrou, banhada, perfumada e vestida com trajes limpos, engomados e bem passados. Sua fragrância de lavanda contrastou tristemente com o odor doentio do quarto, ante o qual ela levou, horrorizada, a mão à boca e ao nariz. Olhou em volta e viu a ama de pé, debruçada sobre a sinhazinha. No assoalho de madeira, uma pilha imunda de toalhas e trapos, ao lado da bacia de louça que retinha o que sobrara da sopa.

Vencida pelo horror do momento, a poderosa sinhá não teve forças para expulsar a negra. O atrevimento de Zefa tinha sido a salvação da filha. E ela, como mãe, fora atender às suas necessidades e disso não se envergonhava. Pensava, porém, caso tivesse ficado, se seria capaz de fazer tudo aquilo. O olhar fixo da ama foi sua resposta: claro que não... Ela teria corrido para chamá-la na cozinha. Deus apenas se adiantara na providência do recurso. A negra murmurou:

– Sinhá... tem que buscar o médico na cidade ou a vida da sinhazinha vai se acabar num ou dois dias, no máximo.

A senhora olhou-a com incredulidade. Como poderiam se arriscar a tornar público um problema assim? Como colocar na balança a vida da filha e a honra da família? Zefa encarou-a firmemente e perguntou, em tom quase profético:

– A sinhá está pronta para carregar isso na consciência até o dia em que o Pai a chamar de volta?

Foi a gota d'água. A senhora olhou em volta à procura da chibata, que nunca tinha longe de si. Negra insolente! Ela iria pagar quando tudo aquilo passasse. Nada encontrando com o que fustigar a escrava, teve ímpetos de esbofeteá-la.

Mas recuou. Zefa tinha braços fortes, da lide no fogão, e certamente se defenderia por instinto. Com voz baixa, entrecortada de raiva, mandou que a escrava saísse e levasse aquela pilha infecta do chão.

A ama percebeu que ganhara para a filhinha apenas algumas horas. Ela ficaria ainda mais fraca, principalmente por que expulsara o alimento que havia tomado. Lembrou-se do estado em que ficaram suas partes íntimas. Os dejetos iriam zangar a área já tão dilacerada. Era preciso reforçar a limpeza, mas isso comprometeria o tampão. A hemorragia voltaria logo.

Suspirando de tristeza, e carregando o volume para lavar enrolado em um lençol, a mãe de leite desapareceu pela porta.

Capítulo 6

Socorro providencial

Sozinha, Sinhá Antônia remoía as palavras da escrava atrevida. Poderia realmente viver com duas mortes na consciência? Talvez três, levando em conta a do sobrinho infame. Bem, pelo menos a dele seria justificada. Olhava, indecisa, o corpo inerte da filha. Num átimo, lembrou-se da parteira. Talvez ela soubesse o que fazer.

– Meu Deus! Trazer aquele demônio de volta a esta casa?

Mas era melhor isso do que ter ali o médico linguarudo. E aquela mulher era a responsável pela desgraça, em virtude do trabalho emporcalhado que fizera. A certa altura do procedimento, ouvira-a dizer a uma de suas escravas:

– Os canais da menina são muito estreitos para permitir um resultado seguro.

Lembrando do ocorrido, sinhá Antônia crispou os dedos.

– Balela! Afonsina está é ficando velha e desmazelada. Miserável! – ruminou.

Não havia outro remédio. Decidida, saiu do quarto e encaminhou-se para fora da casa pelo salão principal. Teria que agir com cautela. Alguém precisava ir até o sítio onde morava a parteira e trazê-la. A quem mandaria? Seria desastroso enviar um dos escravos, pois daria com a língua nos dentes. O capitão do mato, talvez? Nunca! Era de índole violenta e criminosa por natureza, mas sua lealdade ao marido era cega. Quando voltasse, o sinhô seria o primeiro a saber.

Uma luz se acendeu. Como não percebera antes? Foi direto à cozinha. Zefa estava sentada a um canto, de olhos fechados, como se rezasse. Parada, na soleira do grande recinto, sinhá chamou uma menina que depenava um frango. Em voz baixa, ordenou que dissesse à ama que levasse uma jarra d'água fresca ao quarto da sinhazinha. E prontamente!

A senhora retirou-se, voltando para junto da filha. Teria que ser firme para não enfrentar uma recusa da insolente. Refletiu por alguns momentos e descobriu como o faria.

Uma batida à porta do quarto a fez virar-se, apenas para ver a mãe de leite entrando apressada com um pequeno galão. Tinha os olhos arregalados de susto, mas um olhar de relance foi suficiente para tranquilizá-la, por ora. Não era nada com a filhinha. Encheu a jarra de louça sobre a cômoda e já ia sair, quando a senhora a deteve com um grunhido firme e gélido. Ordenou que fechasse a porta e encarou-a. Em frase curta e objetiva, disse à escrava:

– Toma da charrete e vai até o sítio logo depois do Outeiro da Cruz das Almas. Traz Afonsina aqui, urgente! Anda...

A intuição de Zefa não a traiu. O quadro todo se descortinou diante dela. Iria buscar a mesma "fazedora de anjos" que, chamada de volta, deveria remendar o estrago que causara. A ama sentiu uma onda de revolta feroz. Quis protestar, mas sinhá o previra. Com um gesto imperioso fez a outra se calar e deu sua última cartada:

– A decisão está tomada. Essa será a única ajuda que a minha filha ingrata vai receber. Já estou conformada com a morte dessa pecadora. E se tu pensares em fazer alguma gracinha, eu mesma vou dar a ela um veneno e acabar logo com isso.

Sua voz era calma.

– Todos vão pensar que foi uma febre maligna. Ou então, desgraçada, vou acusar-te de ter provocado a morte de Marília com algum sortilégio de tua lavra. Todos sabem que te envolves com essa praga de benzeduras e ervas. Direi que tivemos uma rusga e tu te vingaste na menina.

Zefa sentiu uma vertigem e apoiou-se para não cair. Sua cabeça rodava, os olhos ardiam, prenunciando o pranto que não tardou a chegar. Sentiu a devastadora realidade que aquelas palavras continham. Sinhá Antônia estava enlouquecida.

A ama caiu de joelhos, olhos marejados, e juntou as mãos em prece a pedir clemência. Tentou fazer a senhora enxergar a garganta infernal que se abria para ela.

Lembrou-a de que ela embalara a pequenina, carregara-a no ventre, sofrera as dores do parto para trazê-la à luz do mundo.

Foi quando, aclarados os seus sentidos espirituais, a negra viu, ladeando sinhá, dois seres perversos que derramavam sobre ela uma chuva de lama escura. A escrava cobriu os olhos, aterrorizada. Então era isso. Olhando novamente para sinhá, e não mais vendo as figuras infelizes, suplicou que orassem para afastar o mal daquele cenário de desolação.

A esta altura, agastada, sinhá Antônia deu vazão a anos de ódio e ciúmes mal reprimidos. Com as costas da mão direita, desferiu violenta bofetada na mulher ajoelhada. Pega de surpresa pelo gesto, a ama caiu e silenciou de susto. A violência fora grande demais, não tanto física, mas moral.

Muda de humilhação, Zefa levantou-se lentamente, segurando na banqueta. Não havia nada a fazer. Enxugou os olhos no avental. A sorte da pequena estava selada. Mesmo que houvesse alguma chance, não seria com a mulher das trevas, mas era mais prudente obedecer.

Sinhá Antônia arrematou, como num golpe de misericórdia:

– Se tu a amas, insolente, apressa-te!

Zefa saiu para o corredor e ganhou o quintal rumo à cavalariça, tomando providências para que fosse preparado o transporte. E disse que ela mesma iria conduzi-lo.

Meia hora mais tarde e após alguns preparativos, a mãe de leite tomou da charrete e iniciou sua angustiante jornada pela estrada poeirenta. O orvalho da noite, por abundante que fosse, há muito secara ante o influxo dos raios luminosos do sol matinal. O dia ia ser quente e o calor prometia ser sufocante. Debaixo daquela claridade ainda suportável, àquela hora da manhã, o pequeno veículo cruzava os campos e matas na direção do sítio em que morava a sombria mulher. Envolta em pensamentos e preces, a ama murmurava de quando em vez:

– Jesus, Mestre, que fazer? Guia-nos.

A certa altura, desviando a charrete de um punhado de vacas que vinham em sentido contrário, tangidas por um negrinho sorridente que cantarolava uma modinha de letra duvidosa, a escrava percebeu que estava próxima do local de destino. Pela distância percorrida em marcha acelerada (o valoroso cavalo estava ofegante), calculava que deveria ter jornadeado por pelo menos uma hora e meia e nem se dera conta, mergulhada que estava em seus pensamentos.

Mais uma curva na estrada esburacada e lá estava o Outeiro da Cruz das Almas. Quando passou por ele, Zefa persignou-se e pediu mais uma vez ajuda do Alto em momento tão delicado. Suplicou que os anjos de luz a acompanhassem.

Então, identificou o arvoredo de que lhe falara a sinhá. Seguindo as ordens recebidas, escondeu ali a charrete. Ela achou a providência inútil num lugar tão ermo, mas resolveu obedecer. Soltou os arreios do cavalo e o levou para perto de um córrego que era margeado por uma faixa de pasto, pois o animal estava exausto e precisava se refazer.

Deixando a sombra confortadora, a ama entrou numa trilha secundária da estrada e logo avistou, num declive, a casa do sítio. Mas algo estranho acontecia. Uma angústia profunda a acometeu, a ponto de arrebentar-lhe o peito. Seu coração palpitava e a respiração foi se tornando mais e mais ofegante. Sua visão psíquica ia se abrindo à medida que se aproximava do local.

De repente, teve a impressão de que o céu se fechara ante a presença de pesadíssima nuvem negra, como se uma tempestade tremenda fosse desabar a qualquer momento. Assustada, olhou ao redor e viu que para os lados o clima estava o mesmo. Deu-se conta de que adentrara numa região de sombra. Teve medo como jamais sentira na vida. Sua sensibilidade espiritual permitia que visse a casa e as cercanias em sua verdadeira feição, como eram no Plano Maior da vida.

O solo foi se tornando como que viscoso. Sentia-o firme sob os pés, mas estava mergulhada até os tornozelos numa espécie de lama negro-acinzentada que, começou a perceber, exalava o odor mais repugnante que jamais sentira. O sol quase desaparecera por completo, como que velado por uma cortina de fumaça.

Estava a uns cem passos apenas da sede do sítio, quando começou a ouvir gemidos dolorosos, como os que ouvira tantas vezes quando os negros sofriam o açoite do sinhô Vitorino e eram deixados à míngua no tronco por até uma semana, somente com alguma água ocasional para que não morressem e, assim, se libertassem do castigo. Ela foi acurando a vista íntima e começou a identificar de onde provinham os lamentos.

Espalhados pela redondeza, chafurdando naquela lama pestilenta, viam-se espíritos de todos os tipos. Alguns eram crescidos como adultos e balbuciavam imprecações à meia voz. Outros, muitos deles, tinham os corpos deformados de forma bizarra. Parte de sua aparência era adulta, enquanto o restante de sua forma corpórea era infantilizada, como se fossem crescidos apenas em certas partes do corpo.

Foi então que a negra viu, boiando na lama pestífera, corpúsculos espirituais em forma de bebês. Alguns eram tão pequenos que caberiam na palma da mão, mas ela sentiu que, por dentro, o ódio era o mesmo dos adultos revoltados. Compreendeu, finalmente. Caiu de joelhos e apertou as mãos em prece junto ao peito, e uma compaixão profunda devastara o seu íntimo. Eram as almas daqueles que haviam perecido, na forma física, vítimas da infeliz criatura que ali vivia. Jungidos a ela pela revolta, não aceitavam serem libertados e reiniciar a caminhada.

Zefa pensou o que aconteceria à parteira, depois de desencarnada. Seria uma eternidade de sofrimentos até que depurasse o mal que infligira naqueles infelizes, impedindo que vestissem a roupa de carne para tratarem de suas doenças do espírito na superfície do mundo. A ama orou por eles com um fervor e um amor imensos. Sua compaixão converteu-se em um forte desejo de ajudá-los.

Súbito, como se um relâmpago rompesse a densa treva, uma luz violácea desceu do Alto e derramou-se por todo lado. Alguns dos espíritos, enceguecidos, mergulhavam o rosto deformado na lama, como se não quisessem ver o espetáculo da bondade divina que ali se desenrolava. Outros, porém, encantados pela luminosidade que clareava e acalentava ao mesmo tempo, estenderam as mãos e começaram a chorar, pedindo clemência. Os que estavam ainda na forma de infantes apenas contemplavam com olhos mortos a beleza que viera substituir a tristeza devastadora.

Pouco a pouco, a velha negra divisou na luz algumas formas humanas em roupas brancas. Elas apareceram-lhe como se já estivessem ali e apenas não tinha sido capaz de vê-las até aquele momento. Com delicadeza extrema, eles se curvavam e erguiam aqueles espíritos que tinham a mão estendida e se mostravam finalmente prontos a receber ajuda.

Um dos seres luminosos aproximou-se dela. Ainda ajoelhada, Zefa reconheceu Belmiro, seu mentor e amigo. Ele acariciou seus cabelos, sorriu com lágrimas nos olhos e disse que era um dia muito feliz. A prece dela ajudara a abrir o coração ferido daquelas criaturas atormentadas pelo rancor, pela vingança, vítimas que eram da aborteira. Nem todos vinham para ali, pois muitos se conformavam, perdoavam e eram logo resgatados. Mas aqueles ainda precisavam vencer a si mesmos para serem capazes de aceitar ajuda.

- Zefa... hoje, foi pouco mais que uma dúzia. Em tempo, mais irão conosco.

Sorrindo, voltou-se para o grupo de trabalhadores e foram todos desaparecendo num clarão de luz, levando consigo aquelas criaturas enfermas.

Capítulo 7

MISSÃO DE SOCORRO

A RESPIRAÇÃO DE Zefa foi ficando mais leve e logo viu-se contemplando apenas a paisagem normal do lugar. Uma brisa forte a reanimou. Viu, num curral próximo, duas vacas e um bezerro. No pomar, bem cuidado, várias árvores estavam carregadas. Galinhas passeavam soltas pelo terreiro, muitas trazendo pintinhos alegres ao seu redor. Uma horta com couves altas e tomateiros apinhados coloria a lateral direita da casa pequena de seis janelas frontais.

– Que diferença! – refletiu a mãe de leite. – Se pudessem ver a verdadeira paisagem do lugar, os moradores certamente correriam daqui sem olhar para trás.

Virando a cabeça, deu de olhos com uma negra ainda moça que, com um cesto de roupas lavadas encostado à cintura, contemplava intrigada aquela mulher que ali chegara e que caíra de joelhos em posição de rezar. Zefa ergueu-se e alisou o vestido.

Passado o espanto inicial, a jovem assumiu logo uma

postura de certa arrogância, entendendo que, como sempre acontecia, os recém-chegados não buscavam ali outra coisa senão o remédio fácil para o "mal inoportuno" que os afligia.

- O que a traz aqui? - perguntou com descaso.

- Tenho negócios particulares a tratar com a sua senhora.

A negra sorriu com um misto de malícia e desdém, dando a entender que sabia muito bem do que se tratava.

- De onde e da parte de quem? - emendou.

Zefa hesitou, mas não viu razão para demoras.

- Venho da parte de sinhá Antônia. Questão de vida ou morte.

A fisionomia da jovem escrava assumiu um aspecto sombrio. Era evidente que algo saíra errado na intervenção da sinhazinha Marília. Com voz baixa, disse que Afonsina era aguardada a qualquer momento, pois fora à cidade cuidar de "certos negócios", na noite anterior, deixando avisado que voltaria na manhã daquele dia.

A ama esfregou as mãos nervosamente:

- Que seja, vou esperar - respondeu Zefa laconicamente.

A jovem escrava chamou-a para a varanda lateral, onde a acomodou num banco de madeira inteiriça. Em seguida, escusou-se e completou que precisava pendurar as roupas molhadas que trazia no cesto. Enquanto a jovem se afastava, Zefa contemplou-a e pareceu sentir que havia nela um lampejo de bondade, perdido em meio às trevas do coração. Era algo bruxuleante, como a chama de uma vela de sebo tangida por ferozes ventos noturnos, mas estava lá.

Teve um momento de lucidez espiritual e viu que ela não ficaria condenada por muito tempo àquela prática funesta, na convivência com a mulher maligna. Desencarnaria logo, relativamente jovem. Foi o meio encontrado pela espiritualidade para que seus débitos parassem de comprometê-la.

Zefa respirou fundo o ar quente e perfumado. Sentiu um cheiro de flor de laranjeira. Levantando-se, foi até a parte de trás da varanda e contemplou o pequeno pomar nos fundos da casa. Com tudo que vira acontecendo por ali, do outro lado da vida, admirou-se de a Natureza ainda se esforçar para livrar o lado de cá da vida de eflúvios tão pesados.

De repente, a passarada fez um silêncio absoluto. O vento que corria se deteve e, por mais estranho que fosse, o ar tornou-se pesado, denso e pareceu esfriar. Num movimento quase sincronizado, os pequenos habitantes do pomar levantaram voo de chofre e sumiram na distância. Zefa percorreu as redondezas com o olhar. Sentiu um mal-estar súbito, como uma tontura que lhe turvou a visão.

A ama aproximou-se da parte da frente da varanda e viu do que se tratava. Pelo curto caminho de terra que descia da estrada, um coche elegante se aproximava, puxado por dois magníficos cavalos brancos.

Zefa estremeceu. Era isso que estava sentindo, que assustara os pássaros e esfriara o vento. A mulher das sombras se aproximava.

A carruagem parou em frente à casa. O cocheiro desceu, armou os degraus de madeira e ferro e abriu a porta. Primeiro desceu outra jovem escrava, de face dura como pedra. Os olhos dardejavam ódio e arrogância. Tocando o solo, virou-se para trás e estendeu a mão para dentro do carro. Um braço magro, recoberto por um vestido branco de punho rendado, surgiu na abertura. Atrás dele veio, finalmente, o vulto da parteira. As faces eram encovadas e enrugadas; os lábios, finos, o cabelo, branco-amarelado, preso atrás da cabeça.

Afonsina desceu rápida, demonstrando agilidade, apesar da idade avançada. Com um olhar indiferente e um gesto de enfado despediu o cocheiro, que estava visivelmente aliviado em poder desaparecer da presença daquela mulher. O chicote estalou no ar, as patas dos animais esgravataram a poeira e logo não se viu mais o menor sinal do coche.

Encaminhando-se para a varanda, a parteira perguntou de quem eram a charrete e o cavalo que aguardavam na mata lá em cima, perto da estrada. A escrava que ficara em casa cochichou a resposta ao ouvido da senhora. Foram segundos de expectativa, durante os quais Afonsina não sofreu a menor alteração na aparência. Depois, virou-se para onde apontava o dedo da jovem e deu de cara com a ama.

Foi um momento de confronto. O mal e o bem se olharam nos olhos e as reações não se fizeram esperar. A velha funesta mirou a visitante de alto a baixo, com ar de desprezo pela sua condição social e pelos trajes amarfanhados e cobertos de pó que envergava. Mas não foi só isso. Intimamente, sentiu a áurea cristalina de Zefa e foi tomada de repugnância incontrolável.

Teve ímpetos de açoitá-la, de ensinar-lhe o seu lugar, mas não iria querer, na situação perigosa que se instalara com sua "paciente", arriscar-se a piorar tudo espancando a mensageira da poderosa sinhá. Se bem que, atolada até o pescoço no temor do marido sanguinário, ela tudo faria para manter todos os fatos sob o véu da discrição, inclusive aquele. Mas resolveu adiar a satisfação de seu gosto para momento mais oportuno.

Do outro lado da contenda, a ama sentiu um pavor imenso. Sua cabeça girou e o estômago foi tomado de náusea intensa, ante o quadro que à sua visão superior se descortinou. Agarrados em volta da parteira estavam alguns espíritos, fundidos numa massa horripilante e disforme, de onde sobressaíam três cabeças só na parte da frente do corpo: uma no pescoço, do lado direito, uma no ombro esquerdo e uma no ventre.

A massa escura e sanguinolenta se movia e oscilava como uma seda macia, sob a qual estivesse enfiada uma porção de serpentes. Havia pedaços de pelos e trechos de couro cabeludo aqui e ali, além de dedos que brotavam esparsamente do triste volume. Um pé lhe saía na região do quadril.

A massa a envolvia como se fora um pesado casaco, desde a nuca até a metade das coxas. E as três cabeças olhavam para a ama com tanto ódio que ela podia sentir seu poderoso influxo.

Numa reação involuntária, Zefa fechou os olhos e elevou seu pensamento a Deus, rogando que tivesse compaixão daquelas criaturas enfermas pela maldade.

De repente, com os olhos do coração, viu materializar-se seu amigo e mentor. Belmiro aproximou-se da parteira, que sentiu uma fraqueza súbita. Os três espíritos começaram a gritar alucinados e a se debater. Mas seus corpos deformados e fundidos já não lhes permitiam fugir pura e simplesmente dali. A simbiose de longa data que haviam estabelecido com a mulher não tornaria fácil a libertação.

O velho negro rodeou lentamente a parteira, sorrindo sempre, com ternura, e tocou de leve as cabeças dos espíritos a ela imantados. Eles mergulharam em sono profundo e sua hospedeira pareceu ter uma vertigem, já que a corrente de energias maléficas que os infelizes lhe forneciam havia sido interrompida.

Desarmada, a mulher das trevas sentiu um sono pesadíssimo, mas o mentor despejou um jato de luz em sua fronte. Ela abriu os olhos, surpresa. Era preciso que recobrasse o ânimo para a viagem, ou a visita da mãe de leite seria infrutífera. Virando-se para a ama, o benfeitor disse mentalmente:

– É melhor que te apresses, filha – e sua figura luminescente esvaneceu.

Ante o chamado de urgência, Zefa rompeu o assombro pelo que via e relatou à mulher atormentada o que viera fazer. As três moradoras do sítio ouviram em silêncio o breve relato e se entreolharam. A parteira tomou a frente e declarou secamente que pouco poderiam fazer em uma situação como aquela. Se o sangramento era persistente, então devia ter ficado aberto algum ferimento interno que não poderia ser tratado, a menos que o próprio corpo desse jeito nele, fechando-o espontaneamente. As ajudantes menearam a cabeça, concordando.

A ama desesperou-se em face do conformismo daquelas figuras enlouquecidas. Haurindo forças, exaltou-se e ameaçou as mulheres de delação. Afonsina gargalhou cinicamente e recomendou que ela se apressasse a ir ao Senado da Câmara, em Vila Rica, para contar o que sabia. Quantos ouvidos ela acreditava que acharia? Eles a silenciariam de imediato. Seria atirada em uma vala comum, em qualquer canto, como uma indigente, com uma bala na cabeça ou uma perfuração certeira no coração.

Mudando de tática, Zefa redarguiu, firme:

- Minha senhora mandou dizer-te que teu socorro será muito bem recompensado.

Na verdade, sinhá Antônia nada dissera a respeito, mas aquele era um momento extremo que requeria medidas equivalentes. Os olhos da parteira brilharam.

- Quanto?

Zefa deixou claro que a soma seria negociada na casa grande e de acordo com os resultados obtidos. A parteira pareceu pensar um pouco. Em seguida, virou-se para a escrava que viera com ela da cidade e deu-lhe instruções sobre uma mala pequena que deveria preparar.

- Com os recursos de sempre... Nada mais.

A jovem correu para dentro da casa a fim de tomar as providências necessárias. A parteira virou-se para a visitante e ordenou que fosse buscar a charrete e o cavalo, pois não estava disposta a vencer a pequena distância em aclive até a estrada. E perguntou se havia uma cobertura no veículo. Ante a negativa da ama, enfureceu-se e perguntou como, em nome do diabo, venceriam a distância sob o sol causticante da tarde.

Zefa pensou um pouco e quis saber se ali não haveria um coche coberto. Afonsina esbravejou que sim, mas que não era para ser usado "em serviço", pois ficaria marcado quando fosse à cidade para outros afazeres. A ama ponderou que na estrada do campo o carro passaria despercebido. Ninguém o notaria.

Talvez já cansada daquela arenga toda, e ponderando que atrasos poderiam significar menos rendimentos, a parteira concordou, irritada. Enquanto ela entrou para se preparar para a viagem, Zefa pensou no que faria com a charrete da sinhá. Decidiu que a traria junto com o cavalo para dentro do sítio e que daria um jeito de buscá-los em outra ocasião.

Depois de uma hora de preparativos, a parteira saiu da casa com a roupa trocada. Vestia um traje fresco para a viagem. Havia se lavado e tinha almoçado pouco, para não correr o risco de sofrer um estupor estomacal no caminho. A "escrava boa" ofereceu a Zefa um prato, mas ela estava sem apetite.

Finalmente, acomodadas lado a lado no coche, as duas mulheres lançaram-se à estrada. O sol furibundo fazia tremeluzir a poeira do caminho e estalar o capim. O mundo parecia estar em compasso de espera. Nenhum animal era visto, ave ou roedor, onça ou cobra. Todos deveriam estar escondidos, protegendo-se da inclemência do calor sufocante.

Em virtude do clima áspero, elas levaram quase duas vezes o tempo gasto pela ama, horas antes. Faltava um quarto para as cinco da tarde, quando enfim estacionaram em frente à casa grande, atiçando a curiosidade dos moradores da fazenda.

Alertada por um menino de recado, sinhá Antônia já descera e as aguardava no degrau da porta da frente. Com frieza e recíproca antipatia, ela e Afonsina cruzaram olhos. Porém, a senhora da casa, vencida por uma réstia de esperança, fez sinal para que se apressassem.

O frio do interior da casa causou agradável sensação, após o calor da viagem. Ao chegarem ao quarto, a sinhá tirou do bolso do vestido uma pesada chave de ferro. A parteira franziu o sobrecenho. Decerto que era para se prevenir de visitantes indesejados, pois que a jovem, claro estava, nunca mais sairia daquela alcova com vida.

Ao entrarem, o cheiro de morte, tão familiar, atingiu em cheio as narinas de Afonsina. Não teve reação alguma. Já estava por demais acostumada a ele. Aproximaram-se do leito e ela examinou detidamente o rosto, o ventre, os braços e as pernas da jovem. Marília dormia um sono agitado. Apalpou seu corpo, sentindo a temperatura das partes, a textura da pele, a hidratação.

Verificou suas axilas e a base do pescoço, em busca de nódulos. Levantou-lhe as pálpebras cansadas e examinou seus olhos. Finalmente, afastou o camisolão e, com frieza calculada, notou o ventre inchado. O tampão estava ensanguentado. Fora bem feito, admitiu, mas a Natureza agredida não respeitava a destreza humana. Apalpou as virilhas da jovem. Ela gemeu de leve.

A esta altura do exame, entrou Zefa com uma jarra de limonada, duas canecas e um prato coberto com um paninho de linho que, certamente, escondia alguma guloseima. Depositou tudo em cima da cômoda e, por instinto, não se moveu, como que forçando-se a presenciar o que seria dito. A parteira olhou inquisitivamente para ela e para a sinhá, que deu de ombros e fez um gesto nervoso para que prosseguisse.

Afonsina tinha uma naturalidade incomum para dar más notícias, mas pensou duas vezes, naquela conjuntura. Sabia que a moça estava perdida. Entretanto, ali viera alimentar esperanças e encher a burra. Se fosse muito realista, a generosidade da sinhá ficaria comprometida.

Em tom algo solene, anunciou o diagnóstico. O estado da jovem era muito grave. A mãe debatia-se por dentro, oscilando entre a aflição da perda e o alívio de que aquilo tudo acabaria logo. Zefa, ao contrário, cobriu a boca com as mãos e as lágrimas lhe queimaram as faces estorricadas pelo sol. A parteira acrescentou, mentindo (a ama o intuiu), que havia ainda uma chance, se fizessem um tratamento que conhecia. Sinhá acenou afirmativamente.

Primeiro, deveriam trazer imediatamente para o quarto um caldeirão grande de água fervendo.

Enquanto Zefa desceu para tomar as providências, Afonsina removeu o material ensanguentado que servia de tampão, examinando a área, inclusive intimamente. Percebeu a extensão do dano. De costas para a mãe, fez uma cara de tédio, porque constatou que nada poderia realmente ser feito. Mesmo assim, reuniu os tecidos e o algodão que solicitara, fazendo com eles um tampão mais forte.

Marília estivera num estado de semiconsciência até então. Gemia, em seu delírio de fraqueza, mas não vira ainda a parteira ao lado da cama. Quando, porém, Afonsina a examinava intimamente, sinhazinha despertou, talvez em virtude da dor, e fitou-a, surpresa. Virou-se para a mãe, como a pedir socorro. Ante o olhar vazio que recebeu, entregou-se ao seu destino.

Nesse ínterim, Zefa trouxe sozinha, com esforço evidente, um grande caldeirão, depositando-o no meio do recinto, suspenso em um tripé de ferro. Em seguida, em algumas viagens, foi trazendo a água quente em galões, até enchê-lo completamente. Por ordem da mulher da escuridão, deveriam aplicar compressas bem quentes no ventre de Marília durante o tempo que fosse necessário, até que ocorresse a cicatrização e a perda sanguínea cessasse.

Buscaram todas as toalhas e mantas que puderam encontrar na casa grande. A parteira, abrindo um embornal de couro, que retirou da mala de viagem, dele retirou um chumaço de ervas secas dos mais variados tipos. Havia folhas e flores desidratadas, bem como alguns gravetos retorcidos. O volume estava amarrado com um cipó fino, que lhe dava várias voltas antes de se fechar em um nó bem forte.

A mulher avançou para o caldeirão e nele jogou o chumaço. Imediatamente o ar rescendeu agradavelmente a aromas diversos, alguns florais, outros cítricos e outros acres, estes não tão convidativos ao olfato. Ela esclareceu que deveriam esperar até que a água estivesse minimamente suportável para fazerem as compressas.

Com o caldeirão lacrado por pesada tampa de ferro, as três aguardaram em silêncio durante meia hora. O ar tornara-se pesado. Por determinação da parteira, as janelas foram fechadas e não deveriam mais ser abertas. Era noite, lá fora.

Sinhá Antônia acendeu uma lamparina e puderam ver que a filha repousava mais tranquila. O novo tampão continuava seco. Zefa, sabendo que o gesto não seria apreciado abertamente por ali, orava mentalmente a Jesus, buscando a sintonia com seu mentor.

Apesar do peso da atmosfera psíquica do quarto, ela sentiu que o velho Belmiro vigiava tudo a distância. Percebeu também que Geralda, mãe do sinhô Vitorino, estava ali. Não a via, mas conhecia bem o influxo de amor daquela criatura abençoada. Instintivamente, uniu ao dela o seu coração, para derramarem energias renovadoras sobre a enferma.

Depois de duas tentativas, Afonsina experimentou novamente a temperatura da água e viu que já estava suficientemente arrefecida. Tomou de uma grossa toalha, dobrou-a e mergulhou-a no caldeirão por alguns segundos. Retirando-a, apertou-a entre as mãos para devolver o excesso de líquido ao vasilhame e encaminhou-se para o leito, depositando o retângulo de pano fumegante sobre a enferma.

Marília teve um sobressalto e acordou sem entender o que acontecia. Mirou em volta e seus olhos brilharam. O contato do volume quente lhe proporcionou uma onda de conforto, diminuindo a sensação dolorosa que lhe dominava as entranhas. À luz tênue da lamparina, a toalha branca estava marrom-alaranjada, sem dúvida por causa da mistura de tinturas naturais que o pequeno fardo havia liberado na água.

A parteira tirou do embornal um pedaço de couro impermeabilizado e abriu-o sobre a compressa. Pegou em seguida, uma pesada manta que estava dobrada sobre uma arca e cobriu com ela a jovem dos pés ao pescoço, cuidando que não houvesse brechas por onde o calor escapasse. Era evidente que tinha a intenção de dar-lhe um suador.

Marília começou a transpirar abundantemente. E também as três mulheres. A atmosfera no quarto tornou-se sufocante. A mistura de cheiros, incluído o dos dejetos, expelidos mais cedo, o do suor e o das ervas, tornava o ar nauseabundo.

Zefa tinha reservas quanto àquele procedimento de fato solucionar o problema, pois o mal-estar que causava aos presentes parecia maior do que o bem que faria. No entanto, decidiu calar-se e dar um crédito à visitante. Talvez, apenas talvez, ela soubesse mesmo o que estava fazendo.

Em dado momento, a parteira virou-se para a mãe de leite e mandou que trouxesse uma canja de galinha. Era importante que a jovem tomasse o líquido quente, explicou de maneira doutoral, para ajudar na desintoxicação e para repor a água do corpo, que se havia perdido no vômito, na evacuação, na hemorragia e na transpiração. Ela tirou da sacola de couro um pequeno volume de pano costurado, redondo e não maior que um ovo, ordenando que fosse jogado em um bule de água fervendo, para uma infusão.

– A sinhazinha deverá beber desse chá a cada meia hora.

Zefa pensou consigo mesma que fazia sentido aquela parte do tratamento. Ao descer as escadas, foi tentando adivinhar o que mais sairia da bolsa da mulher sinistra.

Capítulo 8

Lutando com as sombras

NAQUELA NOITE, PARA surpresa geral, inclusive de Afonsina, Marília melhorou a olhos vistos. Sentia-se bem, com a aplicação periódica das compressas e se alimentava pausadamente, apenas algumas colheradas por vez, para não sobrecarregar o estômago enfraquecido. E bebericava, a intervalos regulares, o chá preparado com o sachê de ervas misteriosas, e que tinha o gosto mais horrível que jamais pensara existir no mundo.

A melhora infundiu esperança nas mulheres, mas Zefa ainda tinha um pontinho dolorido no coração. Sabia que as coisas não estavam tão bem assim. Pelo menos por enquanto. As mulheres brancas cochilavam, pois já era alta madrugada.

A mãe de leite ergueu-se o mais cautelosamente que pôde e foi até o leito. À luz trêmula da lamparina, o rosto da filhinha estava encovado e triste, apesar de a cor ter voltado ligeiramente à face, antes cadavérica. Ela teve vontade de acariciá-la e arrumar-lhe o cabelo empapado de suor, mas não teve coragem de perturbar seu sono.

Voltaram à memória episódios da infância e da primeira juventude da filhinha. Numa ocasião, enquanto brincavam e conversavam no quintal, colhendo limões para fazer uma compota, a ama teve um lampejo de lucidez espiritual e se viu em outra vida. Era branca e trajava um vestido pomposo de cor clara, em tons de azul.

Era de família distinta e nobre, vivendo em Portugal. Tinha uma irmã mais jovem, de beleza incomparável, a quem amava com infinita ternura. De doçura sem par, a mocinha, entretanto ajuizada, derreteu-se de amores por um jovem serviçal da casa, que acabou por deixá-la grávida, sumindo no mundo. Dizia-se, tinha partido para o Brasil, então em fase de franca colonização.

A irmã mais nova, desesperada, abriu-se com a mais velha e pediu ajuda. Queria expulsar do ventre a criança, por mais que a ideia em si a revoltasse. A irmã protestou veementemente, mas foi inútil. Temerosa da reação materna, a mocinha tomou uma beberagem amarga, preparada por uma benzedeira, e abortou a criança. Apesar de ter ficado bem fisicamente e de ter se casado mais tarde e tido outros filhos, jamais se perdoou pela loucura cometida. E passou a vida trabalhando em prol de crianças abandonadas e mães desprotegidas.

Naquele dia, no pomar, enquanto a filhinha de leite corria em volta dela, puxando-lhe o vestido, a ama compreendeu que a pequena era sua irmãzinha amada de outrora e que uma grande dor estava por vir mais adiante em sua existência, não como castigo, mas, como ela mesma pedira aos benfeitores maiores, como oportunidade de resgate para valorizar a vida. E a negra percebeu também que pedira para vir junto dela em condição humilde, para auxiliá-la no que pudesse em sua faixa de provação.

Ao lado do leito da enferma, lágrimas de reconhecimento pela misericórdia e justiça divinas corriam agora pelas faces da escrava.

– O círculo está se fechando, filhinha... – murmurou Zefa.

Sabia que a desencarnação seria logo, pois tinha Marília exatamente a mesma idade de quando cometera o delito impensado no pretérito. Acordando, ela abriu os olhos num sobressalto e fixou-os na mãezinha. Sem que soubessem explicar como, a herança de duas existências entrelaçadas se completou num simples olhar.

Marília ergueu de leve a mão e segurou os dedos da ama. Eram espíritos unidos por um ideal de redenção, provando que a vida sempre emenda tudo que partimos. Fechando os olhos lentamente, a jovem mergulhou num sono agradecido.

Um rangido nas tábuas do assoalho delatou a parteira, que se aproximava para remover o emplastro, já frio. Mandou que Zefa fosse à cozinha e trouxesse mais água quente para renovar a infusão do caldeirão.

Depois da porta cerrada, Afonsina virou a cabeça e percebeu que a sinhá roncava baixinho na cadeira acolchoada. Voltando-se para Marília, examinou seu ventre. Estava mais inchado, e enrijecera. Ela era experiente demais para deixar passar um dado assim. Era sinal de que a inflamação fatal provavelmente já começara a se espalhar. Tateou o rosto da sinhazinha em busca da febre. Não viera ainda, mas viria. Era inevitável.

Suspirando, olhou para a porta e se perguntou onde estaria a maldita escrava com a água quente. Tinha deixado ordens estritas para que houvesse alguém na cozinha a noite toda, mantendo um caldeirão sobre as chamas. Bah! Se ela demorasse, que mal ou bem traria? Sinhazinha não ia longe. Era até um jeito de apressar o desfecho da pantomima.

Do outro lado da casa grande, na parte de baixo, Zefa já havia atingido a cozinha e se preparava para encher um galão com a água que borbulhava num enorme tacho de cobre. Ouviu de manso um ruído de pés e viu que um pequeno grupo de pessoas adentrou o recinto. Segurando uma vela de sebo, dois homens e quatro mulheres de pele negra contemplavam-na silenciosamente. Em seus olhos havia uma tristeza patente, mesclada a uma pergunta que não podiam evitar.

– O que estará acontecendo com a sinhazinha tão querida?

A ama devolveu-lhes o olhar com ternura, mas não podia falar nada, o que deu a entender apenas balançando de leve a cabeça para um lado e para o outro. De repente, mudou de ideia.

– Nossa menina está muito doente. É uma febre maligna. Precisa de muitos cuidados.

Uma mocinha perguntou por que não corriam a buscar o médico em Vila Rica. A ama engoliu em seco, mas ostentou um olhar firme ao responder que Sinhá preferira o concurso de uma mulher experiente naqueles assuntos.

– Zefa, fala para nós. Ela não vai morrer, vai? – perguntou engasgado um homem de cabelos alvos.

Desta vez, a mãe de leite não conseguiu responder. Sua voz agarrou-se à garganta e se recusou a sair. Em lugar disso, ela estendeu as mãos e, puxando a todos levemente pelos braços e ombros, guiou-os para a grande mesa, indicando que se sentassem. Todos entenderam. De olhos fechados, a escrava, de pé, orou com fervor pela saúde da filhinha.

De mãos dadas, os seis espíritos bondosos se uniram a ela. Zefa recomendou que ficassem ali em vigília, rezando o terço com fé e esperança, suplicando à Mãe do Salvador que os auxiliasse naquela hora tão trágica.

Terminou de encher o galão e subiu para o quarto, enquanto o grupo de almas caridosas mergulhava nas contas do primeiro mistério do terço.

Chegando ao quarto, a ama não percebeu nada de anormal. Afonsina pegou a água e renovou a infusão que enchia o caldeirão de ferro. O ar voltou a rescender fortemente os aromas das ervas. A escrava afastou a manta. Algo a atingiu sutilmente, não uma percepção dos sentidos físicos, mas um incômodo íntimo. Olhou a filhinha e sentiu que havia alguma coisa diferente nela. Fechou os olhos, conforme já aprendera, para poder "ver" melhor.

Foi então que, à visão do espírito, percebeu que uma massa negra se desenvolvia no ventre de Marília. Era pouco maior que uma mão fechada e tinha como que diversos tentáculos finos que se estendiam ondulantes pelo ventre, tocando-o aqui e ali. E havia um deles mais espesso, que saía do abdômen e se erguia no ar, atravessando a parede. A ama percebeu que aquele tentáculo maior era a ligação com a fonte externa do mal que havia plantado ali terrível semente. Mesmo que o físico lutasse para se revigorar, aquele abscesso espiritual não o permitia.

A mãe de leite pensou no que poderia fazer para ajudar. Se orasse, suas almas amigas do Alto não deixariam de atendê-la, pensou. De olhos fechados ouviu a voz delicada de Belmiro em sua mente:

– Não há o que fazer, filha. Mesmo que isso seja removido, não vai alterar o que já está determinado...

Zefa estremeceu. Então era verdade. A filhinha não resistiria. Seu coração pareceu levar uma facada certeira, tamanha a dor que sentiu. Não entendia o porquê de não a ajudarem. Por que não limpar aquilo e dar uma chance a ela?

Foi então que, ante sua visão espiritual, descortinou-se um quadro impressionante. Ao redor daquela tumoração negra, ela pôde perceber uma luz prateada que a envolvia, sob a forma de uma rede de fios finíssimos, e não apenas cobrindo só a massa central, mas envolvendo também os pequenos tentáculos.

Com humildade compreendeu que, de fato, a ação do mal estava sendo contida. Com certeza, a devastação e, consequentemente, o sofrimento da filhinha seriam infinitamente maiores sem aquela ajuda que já estavam lhe oferecendo. Arrependida, pediu perdão intimamente por ter duvidado da bondade dos mensageiros de Deus.

Tudo isso não durou mais que um minuto, tempo

suficiente para que a parteira terminasse de mexer o conteúdo do caldeirão e preparasse outra compressa. Acercando-se da cama, aplicou o tecido quente sobre o ventre da jovem e cobriu-a novamente com o couro impermeável e a manta. Ordenou que a negra colocasse mais um pouco de chá na caneca que estava próxima ao bule.

A escrava executou a tarefa e entregou o recipiente à parteira que, com fingida cautela, acordou a jovem. Piscando de leve, Marília olhou para a caneca e seu rosto mostrou certa aflição. "A beberagem deve ser mesmo horrível", pensou Zefa.

Naquele momento, sinhá Antônia acordou e espreguiçou-se na cadeira de balanço, esfregou o rosto de leve e olhou em volta. Levou um susto. Havia se esquecido de que estava no quarto da filha. Do susto passou à apatia, como se se lembrasse do quanto queria que aquilo se resolvesse logo. Aproximou-se do leito e cruzou o olhar com o de Marília.

Sentiu um estremecimento. Por uma fração de segundo, chegou a desejar que ficasse boa. Apesar de infinitamente curto, tal instante foi percebido pela jovem, que deixou iluminar os olhos em resposta. Virando o rosto, Antônia, a poderosa sinhá, notou que uma réstia quase imperceptível de luz penetrava pelas tábuas do janelão.

– Logo será dia outra vez – disse ela.

O comentário pareceu infundir certo ânimo nas mulheres. Zefa aproximou-se do leito e acariciou a testa da filhinha, ajeitando-lhe os cabelos. Então, sua mão se deteve e recuou rápida, como se houvesse tocado numa serpente. Hesitante, repetiu o gesto e encarou sinhá Antônia e Afonsina. Não havia dúvida. Marília ardia em febre.

A parteira olhou-a com uma expressão de dúvida. Não era possível. Verificara a temperatura da jovem alguns minutos antes. A febre não vinha assim de chofre. A menos que... "a menos que o caso seja pior do que imaginei", concluiu.

Sinhá leu-lhe o pensamento e sussurrou, nervosa:

– Se minha filha morrer à míngua, Vitorino ficará insano! O inferno vai desabar por aqui!

Pela primeira vez, Antônia temia pela própria vida. Afinal, ela mesma armara a confusão que se instaurara. Era preciso resolver aquilo logo. Mas como? Olhou para as duas mulheres de forma inquisitiva e recebeu de volta olhares incertos. Deveriam tentar o que fosse possível, ainda que sem nenhuma garantia de sucesso.

A primeira reação foi da ama. Zefa voltou-se para Marília e, com um pano molhado na água fresca, em movimentos ternos, refrescou a testa, o pescoço e o colo da jovem. Em poucos segundos, o tecido já estava morno. O processo era intenso demais. Ela queimava.

Afonsina foi até a bolsa de couro e a revirou, à procura de alguma coisa. Finalmente de lá surgiu um pequeno embrulho de pano vermelho. Ela abriu-o e retirou dele uma bolinha de algum tipo de resina vegetal ou cera de abelha. Esfregando-a entre as palmas das mãos, o ar rescendeu a cânfora e outras essências.

Sob o calor da fricção, uma espécie de seiva ia se soltando nas mãos da parteira. Em seguida, ela colocou a bolinha na beirada da cama, e aplicou na testa, rosto e pescoço da jovem a camada fina que lhe ficara nas mãos.

Aspirando aqueles eflúvios, Marília teve uma reação intensa, como se se revigorasse momentaneamente. A parteira tomou de uma toalha de linho e cobriu-lhe a cabeça e o tórax. Ante a pergunta muda da sinhá e da escrava, explicou que era para manter as emanações ao máximo em contato com a enferma.

De fato, depois da agitação inicial que a acometera, Marília já respirava tranquilamente. Passado algum tempo, a parteira levantou de leve a beirada do tecido e sentiu a testa. Estava molhada de suor, mas a temperatura baixara.

Afonsina virou-se para sinhá:

–Vamos intensificar as compressas para tentar deter a zanga no ventre, ou não teremos como salvá-la! – falou com naturalidade desconcertante.

Enquanto a escrava descia à cozinha, Afonsina afastou o lençol e examinou novamente o tampão. Estava seco. Ao invés de contentar-se com o fato, entendeu imediatamente o que ocorria. Como a piora era evidente, mas o sangue não corria mais, era sinal que devia estar se acumulando internamente. O mal se trancara à chave no ventre da mocinha.

Dois dias, talvez? No máximo três. Isso é o que ela duraria. Afonsina desejou fosse o mais cedo possível, para que pudesse sumir dali. Estava ficando velha para tais eventos extenuantes. Aquelas complicações que surgiam, às vezes, eram irritantes e consumiam sua paciência. Pensou em partir imediatamente, mas lembrou-se do sinhô que, disseram, chegaria logo. O papel dela naquele teatro já era delicado. Se fugisse, ficaria periclitante. Era melhor continuar a encenação. A cortina logo cairia.

Zefa voltou com um caldeirão pequeno que fumegava. Sob o olhar apático da sinhá, as duas mulheres abriram por sobre a cama um lençol largo, usando os ganchos do mosquiteiro como presilhas, fazendo como que uma tenda. Debaixo da cama, puseram o caldeirão, com uma profusão de ervas. Usando uma colher de prata, a parteira mergulhou, em seu interior, a bolinha de resina por alguns segundos. Ao retirá-la, o ar rescendeu a cânfora uma vez mais, a ponto de arder ligeiramente os olhos. Por fim, desceram o lençol. A cama ficou envolta em pesada atmosfera.

As três mulheres aguardavam, arriadas em seus assentos. Zefa sentiu uma alegria profunda. Viu a filhinha que, desdobrada do corpo físico pelo rigor da febre, dormia sob os cuidados da avó Geralda. Depois de algum tempo, já o sol entrava intenso pelas frestas da janela. Era dia pleno.

Sinhá Antônia ergueu-se e disse que a premia urgente necessidade fisiológica, forçando-a a ausentar-se por alguns minutos. A parteira pareceu lembrar-se de que estavam ali havia horas sem fim, desde o entardecer do dia precedente. Perguntou onde poderia se trocar e também proceder a sua higiene matinal. A dona da casa disse que assim que voltasse indicaria à outra um quarto de hóspedes. E mandaria lá servirem o café da manhã, para que se refizesse. E saiu.

Afonsina restou, algo contrafeita. Queria ter ido naquele instante, sem demora. Não gostava de esperar. A escrava, ao contrário das duas, não tinha fome alguma. Estava exausta, mas uma energia maior a mantinha desperta e alerta para servir a qualquer momento em que se fizesse necessária.

Sozinha com a mulher sombria, evitou-lhe o contato. Recolheu-se a um canto do quarto, sentada na banqueta e fechou os olhos. Ficou em prece por algum tempo, até que cochilou.

Capítulo 9

LIBERTAÇÃO

SEPARADA DO CORPO, Zefa pôde ver novamente a filhinha flutuando por sobre o leito, estirada. Ao lado da vó Geralda, que sorria para ela, a ama viu uma jovem de roupas brancas, que deveria ser uma espécie de benfeitora. Uma enfermeira, talvez. Com carinho, aplicava passes longitudinais na jovem, dos pés para a cabeça. A mãe de leite não sabia ao certo o que se passava, mas intuiu que já começavam a desligar a filhinha do corpo físico.

De repente, sua memória espiritual se abriu e reconheceu, em sinhá Antônia, sua mãe do passado. Era mulher frívola e dada a mexericos na Corte Portuguesa. Tinha para com as duas filhas (hoje, Zefa e Marília) um tratamento rigoroso, mas sem qualquer bafejo de amor que as faria próximas. Não tinha pela família senão o compromisso social, mundano, como num negócio de lucro e poder.

O pai (hoje, sinhô Vitorino) era homem vão e ambicioso, que ascendera politicamente no Conselho Ultramarino para realizar seus desmandos com mais liberdade. As filhas eram duas joias raras do seu vasto tesouro, mas com as quais não se importava senão ocasionalmente. Nem ele nem a mãe souberam que a filha mais nova engravidara de um moço humilde, e que praticara o aborto.

Quando de suas núpcias, alguns anos mais tarde, a mãe descobriu que a pureza da filha caçula havia se esvaído. Ficou alucinada. Gritou como uma demente sobre o pecado mortal da luxúria. Porém, do neto morto, nada soube. A peso de ouro, e graças à invejada posição política do marido, conseguiu que o casamento fosse mantido.

No quarto abafado, a negra reconheceu que o destino se cumpria. Ali estavam, novamente reunidos, os membros de uma família endividada. A mãe, o pai, duas filhas e o jovem pobre de antes, que se convertera agora em Lauro, o primo amado de sinhazinha Marília.

Foi então que compreendeu tudo. Se não houvessem cometido o aborto, Marília morreria no parto, dando a vida pela criança que lhe chegara do Alto. Sinhá Antônia, num ato infeliz, apenas mudara o correr de uma desencarnação que já estava planejada, a pedido da própria filha.

Portanto, para Marília o resgate se daria. Quanto a sinhá, deveria ter criado o neto pelo resto da vida, dando-lhe amparo e carinho. Sua oportunidade se fora, na presente visita à carne. Seria preciso que voltasse outra vez para resgatar seu lado da dívida.

Neste momento, sinhá Antônia retornou da casa de banho e a parteira foi se arrumar. Sentando-se, a senhora sentiu algo estranho. Viu que Zefa cochilava. De repente, captou a emoção que as revelações espirituais causavam na ama, no desdobramento do sono.

Voltou-se para a filha e teve um momento de lucidez. Viu no leito não a rival na beleza e nas graças do marido, não aquela amada por todos os que temiam a poderosa senhora da casa. Seu rosto ardeu, como se algo quente houvesse lhe respingado nas faces. Levou a mão, hesitante, e percebeu que estava chorando. Sem poder se controlar, falou alto:

– Deus, que fazer?

Então, soprada pela escrava a seu lado, veio-lhe a resposta:

– Ore!

Sinhá Antônia caiu de joelhos. Há quanto tempo não orava? Baixou a cabeça, juntou as mãos na testa e suplicou à Divina Mãe que tivesse compaixão de todos ali, em especial da filha, assassinada pela própria genitora. Chorava convulsivamente. Debruçou-se sobre a enferma, pedindo perdão, desesperada.

No lado espiritual, Marília acordou de repente. Ajudada pela avó, flutuou de volta ao corpo físico e abriu os olhos. Sinhá sobressaltou-se. Teve de se esforçar para não gritar. Olhos ardendo de pranto, disse apenas:

– Filha, filha minha...

A mocinha arregalou os olhos, quis dizer alguma coisa. Era tanto o que precisava ser dito. Mas não houve forças. Apenas olhou para a mãe com ternura. Sinhá Antônia beijou seguidamente o rosto da filha, acariciando--a. Num esforço supremo, Marília conseguiu balbuciar:

– Mãezinha... – e desmaiou.

Um barulho no ferrolho da porta chamou a atenção de Zefa. Rapidamente, a ama viu-se atirada de volta ao corpo físico. Afonsina adentrou a alcova e, à sua maneira, estranhou o clima espiritual do recinto. Sentiu um amolecimento, um sono repentino. Em contato com o aroma inebriante de amor, os espíritos infelizes que habitavam simbioticamente ao redor do corpo da parteira desmaiaram de aturdimento, recebendo, eles mesmos, alguns eflúvios benéficos.

Sinhá se ergueu, estranhamente calma. As três olharam-se. Aguardar era o que podiam fazer.

Então, por volta do meio-dia, aconteceu. Pelo janelão fechado, ouviram o rumor de um tropel de cavalos que se aproximava, parando na frente da casa grande. Sinhá Antônia estremeceu. Era o marido. Olhou para Zefa como que a pedir socorro, mas a negra, ela mesma aterrorizada, devolveu-lhe o olhar que dizia: "E agora?"

A parteira, vendo a reação das duas, pensou em sair dali naquele mesmo instante, mas ponderou não ser o mais prudente, em tais circunstâncias.

Sinhá Antônia decidiu que era melhor ir receber sinhô Vitorino e repassar-lhe a história que já ensaiara. O mal da filha seria uma febre maligna que a acometera de súbito nas partes íntimas, em virtude de um cobreiro mal curado. A parteira seria uma benzedeira que tinha sido chamada para auxiliar e que, apesar de todas as suas tentativas, não pudera conter a inflamação e a morte que se aproximava galopante. O médico? Era bisbilhoteiro demais e não o queriam ali examinando as vergonhas da filha tão jovem e formosa.

Pronto. Decidido. Sinhá Antônia desceu as escadas quase ao mesmo tempo em que sinhô Vitorino entrou casa adentro e chegou na sala, com as esporas das botas de cano longo arranhando o assoalho de tábuas corridas. Como era um homem alto e corpulento, seu peso contribuía para que as pontas de metal se cravassem na madeira. Jogou de lado a capa e o chapéu de abas largas que o haviam protegido do sol abrasador. Seu rosto anguloso e de feições rígidas olhou para a esposa sem sorrir.

– Antônia! Que diabos se passa aqui?

Percebera que os escravos do campo e os moleques que brincavam por ali o tinham olhado de forma estranha e esquiva. O capitão do mato, ao recebê-lo, apenas dissera que havia assuntos a resolver na casa grande e baixara os olhos.

Num gesto violento, sinhô Vitorino arrancou da cintura o facão e a chibata, atirando-os perto da capa, isso sem desviar os olhos da esposa nem uma fração de segundo. Ela, medindo as palavras, foi relatando em detalhes a "doença" da filha e seu estado de irremediável piora. Silenciou.

De pé, no meio da sala, o esposo prendeu a respiração. Seus olhos se apertaram, seus lábios tremeram. De repente, atirou-se velozmente para frente. Empurrando brutalmente sinhá Antônia, subiu os degraus e ganhou o corredor de cima, que percorreu com estrépito.

Chegando ao quarto da filha, escancarou a porta e deteve-se ante a atmosfera cheia de eflúvios pestíferos. Ao contrário do que fizera no percurso até ali, penetrou no cômodo pé ante pé, olhos fixos no leito. Percebeu apenas vagamente a presença da ama. Afonsina saíra. Ele achegou-se ao corpinho deitado e seus olhos arderam. Não era pranto, não em uma criatura desarvorada de ódio e de orgulho como ele. Ficou ali, imóvel, pensando em sua própria desgraça.

A jovem estava coberta por um lençol, o que não o impediu de ver o intumescimento do abdômen se pronunciar sob o tecido. Contemplou-lhe as feições já quase cadavéricas. O poderoso senhor vira a morte de perto demasiadas vezes para que se enganasse a respeito do que realmente se passava. Restavam à filha não mais que poucas horas de vida.

Ao invés de tristeza pura e simples, que teria sido uma manifestação de fraqueza, ele converteu a dor, o seu tipo de dor, em revolta surda. Virou-se abruptamente e deixou o quarto pisando duro, fechando a porta com violência. Desceu até a cavalariça, tomou de uma montaria e embrenhou-se no mato.

Um silêncio sepulcral caiu sobre a propriedade. A Natureza estava extática. Parecia Sexta-feira da Paixão.

De volta ao pé da filha moribunda, sinhá Antônia julgava-se condenada pela eternidade. Porém, pudesse penetrar nos desígnios divinos, teria visto que por volta de um século mais tarde, em novas circunstâncias reencarnatórias, ela adentraria a vida religiosa ainda na juventude, a fim de se redimir de um aborto então cometido. E seria acolhida e guiada no novo caminho pela figura amorosa da escrava Zefa. Mas tudo ainda estava resguardado pelo véu do porvir.

A respiração de Marília estava reduzida a um tímido ciciar. O lençol mal se movia. De volta ao quarto, Afonsina se mantinha sentada na cadeira de balanço, mãos cruzadas no queixo. Não podiam fazer nada. "Que acabasse logo", pensava.

As horas se arrastavam. Por fim, para surpresa das mulheres presentes, sinhazinha pareceu sorrir. Olhos fechados, seu rosto iluminou-se por alguns instantes. A aparência triste e carcomida foi substituída por uma fisionomia de genuína paz, de uma doçura que não deixou dúvida: Marília estava desencarnando.

A respiração tornou-se profunda e suspirante, como se um alívio extremo reanimasse o corpo e o espírito abatidos. Apesar dos olhos encovados, as pálpebras se moviam suavemente, como se ela sonhasse com o Além. Mas não era sonho. Do lado de lá da vida, a avó e a enfermeira desatavam os últimos laços perispiríticos, e ela se desprendia para o repouso do labor terreno.

Após se elevar e abaixar docemente pela última vez, o peito juvenil imobilizou-se. A luz que iluminava sua face apagou-se. A ama cobriu o rosto com as mãos e chorou baixinho. Sinhá Antônia teve reação diversa. Arregalou olhos e ficou rija por alguns momentos. Em seguida, lentamente, brotou-lhe da garganta, das vísceras, um grito rouco, alucinado. Enterrou a cabeça no seio da filha e chamou-lhe o nome desesperadamente.

No mesmo instante, sinhô Vitorino irrompeu no

quarto e presenciou a cena dantesca que se desenrolava na câmara-ardente em que o quarto se convertera. À luz fraca da lamparina, com o janelão fechado, viu a esposa ajoelhada, rosto colado no cadáver, e a escrava que tentava sustentá-la. Compreendeu que chegara tarde demais; a filha estava morta.

Então, em sua dor, deu de cara com a parteira, de pé, retorcendo as mãos. Sinhô Vitorino teve um sobressalto. Sua boca se abriu e a respiração provocou um ruído cavernoso goela afora. Apontou para ela o indicador direito e, mordendo as palavras ferozmente, grunhiu:

- Tu, miserável! Que fazes aqui?

E calou-se. Seu olhar corria da parteira à filha e desta à esposa. Entendeu, finalmente. Levou as mãos à cabeça e berrou a pleno pulmões:

- Desgraçadas, todas desgraçadas!

Avançou e agarrou a sinhá pelo cabelo atirando-a ao chão. Empurrou violentamente a ama e virou-se para Afonsina. Ela estava tão surpresa quanto ele. Num ato de coragem surpreendente, ela o encarou e lhe sustentou o olhar. Não o havia associado àquelas terras. Até que ele entrou, não soube que ele... era ele.

A trilha de sangue que unia sua vida à do sinhô era por demais delicada. Tremendo descontroladamente, ele teve gana de estrangular a infame. Porém, o bom-senso e o instinto de autopreservação falaram mais alto. Como alternativa, esmurrou violentamente a cômoda, despedaçando o jarro de louça branca com prato e tudo.

- Some daqui, maldita! - conseguiu urrar. E precipitou-se para fora do quarto.

Sem esperar uma segunda ordem, a mulher recolheu rapidamente seus pertences e desapareceu. Que se danasse o dinheiro da sinhá. A prudência mandava que esquecesse para sempre aqueles dias funestos e arriscados, apesar do prejuízo no bolso.

Caída no assoalho, sinhá Antônia tinha a face vazia. Zefa ponderou que, mesmo sabendo de tudo, talvez o sinhô Vitorino não se vingasse da esposa. Sinhá tinha a seu favor o atenuante de ter tentado preservar a honra da família. Ele próprio jamais teria consentido no nascimento do neto.

A ama ajudou a senhora a se pôr de pé. Estranhamente calma, a senhora disse baixinho que era bom começarem a preparar o corpo, pois aquele tipo de morte levava rapidamente à decomposição. A escrava teve um sobressalto. Não ajuizara aquilo ainda. Puseram-se a trabalhar.

A movimentação toda não deixou de ser percebida pelos moradores da fazenda, e a triste notícia acabou sendo compartilhada com todos. Com olhos rasos d'água e o olhar triste, acompanhavam, respeitosamente, o processo.

Sinhá mandou que fossem a Vila Rica avisar o padre da Irmandade a que pertenciam para que viesse no dia seguinte, logo cedo, dar a bênção do corpo e encomendar a filha para o sepultamento. Despachou alguns escravos para comunicar as famílias da vizinhança sobre a morte da filha.

Chamou um escravo que fazia o serviço de carpintaria da fazenda. Dando-lhe um saquinho de couro com moedas, mandou que fosse à cidade e comprasse um caixão de sua escolha, simples, mas muito distinto. Não queria estardalhaço, mas também não poderia entregar a filha à terra de qualquer jeito.

Ordenou às escravas domésticas que fosse arrumado o salão da frente para velarem o corpo, e avisou que limpassem o pequeno cemitério da fazenda, próximo à capela, e preparassem a cova e a cruz provisória, de madeira. Quanto à lápide, depois mandariam lavrar uma na cidade.

Voltando para o quarto, sinhá encontrou Zefa com tudo preparado para a tarefa mais dolorosa: o preparo do corpo. Mudas de roupa, apetrechos de higiene, e até uma água de rosas importada de Lisboa aguardavam para serem usados. A senhora quase se enfureceu com a escrava por ter se adiantado sem sua permissão, mas compreendeu que jamais teria conseguido sozinha. Nada mais restava da empáfia que acompanhara sinhá Antônia a vida inteira. Estava vergada pelo arrependimento e pela amargura. A cada movimento que faziam, pedia perdão à filha.

Depois que terminaram, Marília parecia ter voltado à vida, estirada no leito. De sinhô Vitorino, não havia notícia. Estava sumido desde mais cedo. Sinhá pensou por alguns momentos e decidiu que fariam o que tivesse que ser feito, com ou sem a presença dele. Sentaram-se as duas mulheres e puseram-se a rezar o terço, velando a pobrezinha defunta.

Os minutos converteram-se na primeira hora e ultrapassaram a segunda, até que chegou o caixão de Vila

Rica. Uma escrava veio avisar. Fazendo sinal para que trouxessem o esquife para dentro do quarto, sinhá Antônia indicou que o depositassem no chão, alinhado com a cama. Os homens saíram e fecharam a porta. Houve um instante de hesitação. Delicadamente, então, as mulheres seguraram o corpo da sinhazinha e depositaram-no no recipiente de madeira, arrumando-o com cuidado.

Por fim, sinhá foi até a cômoda e abriu um escrínio prateado, de onde retirou um tercinho de ouro. Havia sido presente da avó Geralda à netinha recém-nascida. Com o olhar firme, sinhá fitou a ama e estendeu-lhe o braço. A negra estremeceu. Jamais pudera crer num gesto como aquele da parte de sua senhora.

Tomou-lhe das mãos o terço e curvou-se, sacudida pelo pranto. Com carinho infinito juntou as mãozinhas alvas e pequenas por sobre o peito imóvel, entrelaçando dedos e contas. Então, pousou nas da filhinha as suas mãos calejadas e orou por um momento, agradecendo a Deus por tantas bênçãos, pela dor e pela resignação, pelo sofrimento e pela redenção.

E assim, desceu para o salão o corpo, a última lembrança palpável da tão amada sinhazinha. Muita gente já se aglomerava. Uma velha senhora, das escravas mais antigas da fazenda, começou a entoar um cântico tradicional, com voz profunda e melancólica. Era o *Memento mei Domine*, "Lembra-te de mim, Senhor". O latim soava estranho e contorcido na simplicidade daquela boca leiga, mas a força da fé, expressa na voz poderosa, consolou a todos e banhou os corações no amor divino.

Os funerais do dia seguinte foram modestos. A pequena capela estava apinhada de gente, a maior parte assistia do lado de fora. Em sua prédica, na missa de encomendação, o piedoso sacerdote de Vila Rica falou não de pecado, mas de amor, perdão divino, arrependimento e compaixão.

– Saberia ele o que se passara? – perguntaram-se a mãe e a ama. Tinha que saber. As palavras foram doces e por demais inequívocas.

Para surpresa geral, sinhô Vitorino chegou no meio da cerimônia e forçou sua entrada na capela. Sob os olhares mais curiosos que compadecidos dos presentes, com quem não trocou uma palavra, foi se postar ao lado do caixão, para o qual não se voltou em momento algum. Seu aspecto sombrio foi tomado como sendo a loucura do sofrimento.

Terminada a cerimônia, o caixão foi levado. O pai deixou o recinto antes mesmo que fosse oferecida a ele uma participação na tarefa. Do lado de fora da capela, no Campo Santo, uma dúzia de cruzes se espalhavam pelo terreno recém-capinado. Uma cova aberta de véspera aguardava o corpo da jovem. Enquanto o ataúde era baixado ao fundo, os presentes se acotovelavam em derredor e rezavam *Ave-Marias* e *Padre-nossos*. Sinhá Antônia estava devastada. A ama olhava o céu.

Afastado, remoendo sua indignação, sinhô Vitorino a tudo contemplava em silêncio. Ao lado da tristeza, uma satisfação se agigantava dentro dele. Seria vingado.

Já tomara providências para que um capataz de sua inteira confiança fosse discretamente ao Rio de Janeiro, à procura do jovem sobrinho. Sabia que era ele o autor da desgraça que se abatera sobre seu nome. A filha infame já morrera. Uma preocupação a menos.

E se Lauro tivesse partido para Lisboa, o matador fora munido de recursos para tomar o primeiro navio que conseguisse e completar o serviço em Portugal. Não importava o quanto demorasse, a justiça seria feita. Para sinhô Vitorino, a honra sempre estaria acima de tudo, e faria o que fosse preciso para lavá-la.

A passos pesados, afastou-se rapidamente em direção à casa grande, enquanto a pequena multidão se despedia da sinhazinha, ou do que restara de seu corpo físico.

No mundo espiritual, Marília repousava num leito imaculado. Suas feições, antes cadavéricas, estavam iluminadas. A vitalidade voltara-lhe ao semblante. Envergava uma túnica simples que lembrava o linho ou a seda, mas era ainda mais diáfana. Seu peito se movia calmamente para cima e para baixo. Junto do leito, numa mesinha, havia uma jarra de louça dentro de um prato. Lembravam as duas peças que tivera no quarto, quando encarnada.

A seu lado, a avó Geralda velava pacientemente, sentada numa poltrona branca e de braceiras torneadas. Vez por outra uma enfermeira, a mesma que a auxiliara no desenlace da neta, vinha verificar o estado geral da jovem, acompanhada de um senhor de porte elegante.

Certa manhã, quase um mês depois de sua chegada, Marília despertou, abrindo suavemente os olhos e contemplando o teto de aparência leitosa, de onde pendia curiosa luminária. Girou a cabeça e deu com um rosto familiar.

– Vovozinha? – balbuciou.

A anciã curvou-se e beijou-lhe suavemente a face.

– Descanse, minha menina. Mais alguns dias e tudo será explicado – completou.

Marília intuiu com acerto que já não mais estava em casa, quer dizer, na Terra. Lembrou-se da ama com ternura e uma onda de paz a invadiu. Decidiu aguardar. Por ora, entregou-se a Deus e dormiu profundamente.

Parte II

Numa cidade do interior paulista,
no alvorecer da década de 1920

Capítulo 10

SILÊNCIO

O SILÊNCIO DA noite penetrava pela janela aberta da cela modesta do convento. Passadas as altas horas, em breve o dia amanheceria, e a quietude seria substituída pela luz profusa do sol, qual sonoro clarim a romper as trevas íntimas.

Cenira sempre ouvia comentários das outras irmãs, pelo fato de que seu quarto era o único do dormitório que recebia a luz direta do sol nascente na maior parte do ano. Estabelecido numa cidade do interior paulista havia décadas, o amplo convento era, agora, cercado por um extenso jardim, coroado por árvores altas. Apesar da sombra amena que derramavam durante o dia, elas cerceavam a luz do astro-rei de vir beijar as faces das religiosas pela manhã.

Sentada na cama estreita, Irmã Cenira repetia o ritual secreto que ninguém mais conhecia, exceto a noite, que tantas vezes testemunhara seus devaneios. Era quando se entregava a pensamentos mais obscuros, aqueles mesmos que só o silêncio das horas sem luz era capaz de acolher.

Seu cabelo era curto, cortado quase rente ao crânio, e emoldurava a face endurecida pelo tempo e pela abstinência das vaidades da vida, como os cosméticos, que poderiam suavizar o ricto e as primeiras rugas. Era preciso certo esforço para se distinguir algum sinal de fragilidade, de delicadeza feminil naquela máscara grega de ambiguidade. Havia apenas disciplina e incerteza, perfeitamente amalgamadas naquela mulher de meia-idade.

Pelos lençóis quase intactos, percebia-se que nem ao menos se deitara, que velara a noite toda. Mais uma vez, olhou, no crucifixo pendurado na parede, a imagem de seu noivo, estático, frio, braços abertos, como que a dizer que não se importava mais. Mentalmente, Cenira deu início a um novo ciclo de perguntas, as mesmas que já formulara vezes sem conta. (Mudava apenas a ordem e a elaboração.)

Ela ainda ficava confusa com a maneira como ele lhe falava do seu passado delituoso. Ele sabia. Sempre soubera. Não que ela precisasse ter lhe contado, como nas incontáveis oportunidades em que se abrira, confessando tudo ali mesmo, no silêncio. Ele sabia, porque era quem era.

Ela, por sua vez, não sabia se Ele a condenava ou se era misericordioso. Afinal, Cenira matara uma de suas ovelhas, ainda dentro de seu ventre. Acabara com a vida de um de seus pequeninos, um daqueles mesmos que estavam marcados no seu Evangelho como herdeiros do

Reino. Ela impedira que uma das crianças tão amadas do Senhor viesse à Terra caminhar para o céu.

Tinha certeza de que aquela alma, que não chegara a ver a luz solar, estaria no limbo, tantos anos depois, e lá ficaria pela eternidade. Nem boa, para habitar o paraíso dos adultos, nem culpada, para arder no fogo que não se apaga[3].

Seu pensamento voltou atrás nos anos. Arrependera-se quase que imediatamente, após confessar aos pais o crime cometido. Contou-lhes que se entregara erroneamente ao namorado da escola. Pensou ser amor. Mas ele a deixou logo no dia seguinte, após ter alcançado seu objetivo com ela. Ao desconfiar-se grávida, procurou-o e foi recebida com gargalhadas e um desafio: tentar provar que ele era o pai.

Ante a inquirição familiar, Cenira relatou que uma colega de escola a levara a uma mulher, amiga de uma tia, que lhe dera uma beberagem amaríssima, fórmula que, segundo ouviu, era segura e fora testada por gerações. Isso desencadeou o processo de abortamento de forma espontânea.

Como estava no início da gravidez, não houve complicações. Porém, a culpa e a angústia pelo pecado aba-

3. Na visão espírita, as almas que desencarnam ainda na infância ou mesmo daquelas que estavam em processo de retorno à carne e tiveram o processo reencarnatório interrompido estão igualmente submetidas à lei do progresso. Devem, pois, retomar novo corpo e iniciar nova existência. Em *O Livro dos Espíritos*, eis a resposta dada por eles na questão 198: "A curta duração da vida da criança pode representar, para o espírito que a animava, o complemento de existência anteriormente interrompida antes do momento em que deveria terminar, e sua morte, não raro, constitui provação ou expiação para os pais".

laram-na sobremaneira, e ela entrou em estado de profunda perturbação. Foi quando decidiu se abrir com a mãe, que, desesperada, logo chamou o pai para participar da conversa.

Decorridos alguns meses desde a trágica revelação, Cenira aparentava estar bem em alguns momentos, mas o problema surgia exatamente quando sua mente se equilibrava racionalmente. Era aí que o espírito se debatia no flagelo da autopunição. Em face desse tormento a jovem começou a acalentar a ideia crescente de se entregar a Deus na vida religiosa, para redimir-se perante Ele pela falta cometida.

Ao fim de um ano de tratamentos vários, os pais capitularam e, atendendo-lhe às rogativas, procuraram uma congregação religiosa numa cidade vizinha. Era um convento de grandes proporções, anexo a um colégio tradicional para moças, em regime de semi-internato. Depois das entrevistas iniciais e de examinado o caso, a Superiora determinou que Cenira fosse trazida no início do ano seguinte.

A reverenda Madre explicara que o calendário litúrgico já entrara no Advento. O Natal do Senhor não tardaria, o que daria, a todos, tempo mais que suficiente para refletirem sobre a decisão. Ela ponderou que a jovem não estava necessariamente vocacionada, mas que a vida tranquila e o trabalho pedagógico na formação das outras adolescentes poderiam ser-lhe de valia na reconstrução da vida interior.

No dia aprazado, seus pais a colocaram no banco traseiro do automóvel e percorreram em silêncio a distância que os separava da outra cidade. No percurso, Cenira olhava a paisagem que corria do lado de fora, num misto de emoção e distanciamento. A esperança e o alívio que sentia eram tão grandes quanto a ansiedade que ameaçava sufocar o peito.

Na chegada ao convento, Cenira reconheceu a Superiora, a quem já fora apresentada, e duas outras irmãs, de que não se recordava. As mulheres a acolheram com alegria, o que a fez duvidar da parte sombria de seus pensamentos.

Com uma tristeza estampada que curiosamente parecia beirar o alívio, os pais se despediram e recomendaram que, qualquer problema que houvesse, não deixassem de os avisar. E se foram. Cenira respirou fundo e acompanhou as religiosas para dentro de seu novo lar.

Os primeiros dias no convento foram decisivos. A recém-chegada não sabia dizer se alguém mais, além da Superiora, estava ciente do real motivo de sua entrada para a congregação. Examinava cuidadosamente os olhares que lhe dirigiam, até os furtivos. Nada percebia. Esta neutralidade permitiu que se fizesse alguma paz em seu espírito.

Os estudos a absorveram naquele ano, e outros anos se enfileiraram como nas contas de um rosário. Era como se medisse o tempo pelos espaços entre os mistérios[4], cada um representando uma etapa do curso.

Sua formação avançava. Seu tempo era dividido entre os estudos, os trabalhos diários do convento e, a par-

4. "Místério" é como se chama cada grupo de contas do terço ou do rosário católicos.

tir do terceiro ano, também nas salas de aula em que começou a atuar como monitora das alunas mais jovens do colégio.

Naquela região, muitas famílias preparavam suas filhas para o casamento mandando-as para colégios confessionais, para serem esposas exemplares de homens que, na maioria, pouco se importariam com seu saber, desde que lhes dessem refeições apetitosas e filhos saudáveis.

Assim, o passado que atormentava Cenira foi ficando esquecido. Era apenas uma reminiscência triste, que perdia força pouco a pouco. Quanto à fé, não tinha certeza se a ganhara de presente do céu, se a desenvolvera pelo método da repetição ou se a inspiração que via nas colegas de jornada moldara sua visão de Deus. Fato era que sua confiança no Alto estava fortalecida. Seu futuro, tinha certeza, poderia agora ter um rumo diverso.

Capítulo 11

NOITE ESCURA

CERTO DIA, QUANDO tudo parecia ter se acalmado em definitivo, e se aproximava o momento de Cenira proferir seus votos solenes, chegou ao colégio uma jovem de aparência triste e melancólica. Todos notaram que a nova aluna, apesar da plumagem de exuberante beleza, não se encaixava no padrão de ave canora que caracterizava aquela idade.

Rumores corriam fugazes por entre aqueles muros. Disseram que havia sido transferida de um colégio misto, onde se envolvera com um rapaz. Logo se descobriu que havia ficado grávida e que perdera a criança. Quando soube disso, Cenira quis aproximar-se dela, ser solidária, demonstrar com suas palavras e exemplo que era possível a retomada do caminho. Porém, seus próprios fantasmas voltaram à carga e, temerosa, não encontrou coragem para agir.

Então, nem bem findara o segundo mês desde a matrícula da jovem, ela desapareceu. Não foi mais vista em casa, na escola, na igreja. A polícia foi acionada e as investigações se encerraram em poucas horas, com a descoberta do cadáver que boiava no rio que cortava a cidade. Preso a uma raiz, o corpo que servira de morada à alma atormentada balançava ao sabor da correnteza, uns três quilômetros além do limite urbano.

Cenira ficou devastada. Em momento algum contemplara para si tal solução, mesmo em suas angústias mais dilacerantes. Chorou copiosamente por semanas. As outras irmãs e as professoras laicas que haviam conhecido a jovem na escola estavam consternadas, mas não compreendiam o porquê de sua reação extremada em relação àquela tragédia.

Afinal, Cenira e a pobre moça nem se conheciam direito. Somente a Superiora a olhava com doçura e compreensão. Era a única capaz de reconhecer o quanto aquela situação mexera com seu íntimo, apenas debilmente equilibrado.

Finalmente chegou a semana da data marcada para a profissão solene. Cenira, ao contrário do que se esperaria, foi se tornando mais e mais atormentada. Os fatos recentes haviam abalado sua fé, sua crença na justiça e na misericórdia de Deus, fazendo com que o coroamento de seus esforços religiosos quedasse ameaçado de perder totalmente o sentido.

Aproximava-se o momento da última confissão antes da cerimônia de profissão religiosa. Um tanto rebelde, Cenira compreendeu que não poderia dizer ao padre suas dúvidas, seus sentimentos agora vacilantes. Estava revoltada com Deus. Julgara-O indigno de Sua própria justiça. Precisava de orientação antes disso.

Optou por pedir uma audiência especial com a Superiora. A Madre conhecia Cenira intimamente, sempre aconselhando-a sabiamente em suas tribulações. Saberia o que dizer.

Dois dias antes da confissão, a Madre recebeu-a, em secreto, no parlatório. Seu sorriso, como sempre, era franco e acolhedor, e nunca vinha eivado de qualquer julgamento. Muitas vezes, a noviça achava que um diálogo com ela era mais vantajoso do que as sessões no confessionário. A paz e o entendimento que se sucediam eram maiores.

As duas mulheres correram as portas de madeira e sentaram-se lado a lado, a senhora numa poltrona de couro e a jovem na ponta de um amplo sofá de quatro lugares. O ambiente austero e despojado inspirava ao recolhimento, apesar de ser justamente ali que os visitantes, religiosos ou laicos, eram recebidos pelas moradoras da casa.

A Superiora aguardou em silêncio até que a jovem se manifestasse, o que ocorreu de chofre. As palavras saíam atropeladas. Mencionou a aluna suicida, o aborto e sua angústia em relação ao porquê de Deus negar àquela filha do pecado, a mesma chance que lhe fora dada ali no convento.

A Madre respirou fundo, como se buscasse uma força interior:

– A dúvida e a incerteza são companheiras inseparáveis da condição humana, minha filha. Experimentá-las deve ser motivo de crescimento e não de detença na caminhada de volta ao Pai.

Cenira estava em silêncio.

- A humanidade é corresponsável por sua própria redenção. A edificação do Reino começa seus alicerces no coração de cada um. A dúvida de fé significa que não se lhe deu ainda o quinhão necessário de estudo e meditação para seu entendimento.

A noviça intrigava-se ante aqueles apontamentos. A Madre prosseguiu:

- Santo Agostinho recomendou que se repense sempre tudo em que se acredita, não é mesmo? Infelizmente ainda não podemos compreender como se dá o equilíbrio na distribuição do bem e do mal entre as criaturas. Mas meu coração sente que nada passa despercebido à divina justiça. Portanto, oremos por essa alma que se perdeu nas sombras do ato suicida. Deus não lhe negará a oportunidade de redimir-se. Ou Deus não seria Pai, mas apenas patrão do gênero humano.

A Superiora calou-se. Encolhida no canto do sofá, Cenira fitou-a, surpresa. Nunca a ouvira falar naqueles termos. Confusa, chegou a pensar se estariam teologicamente embasados.

Tentando ser mais prática, a Madre recomendou que Cenira se confessasse, talvez não com tantos detalhes. E que fizesse seus votos solenes no domingo, pedindo a Deus perseverança.

- Não se iluda, minha menina - completou, tocando-lhe a fronte com ternura. - Quando as questões de agora estiverem resolvidas, muitas outras já terão surgido, mais sutis e ainda mais espinhosas, penetrando profundamente no santuário do coração.

Sorrindo, ergueu-se da poltrona e deu por encerrado o encontro.

A caminho do pátio da escola, a jovem noviça não se continha. Pensamentos tumultuados inflamavam seu cérebro. Após tantos anos de formação, tanto estudo, tanta reflexão e amadurecimento, seria um contrassenso partir logo agora. Não se sentia feliz ao extremo, mas também não fora nunca infeliz ali dentro. Tudo era apropriado, apesar de não ser o paraíso. Por que largaria tanto, em busca de um futuro incerto?

Conferiu as horas no relógio da torre baixa que encimava a capela. Precisava correr. Deveria estar na sala de aula em cinco minutos, e não gostava de deixar as alunas esperando. Ainda tinha que passar pela sala dos professores e pegar seu material. Num instante, seus pensamentos já estavam de volta à realidade palpável do dia a dia.

O DOMINGO AMANHECEU festivo. Uma brisa matinal balançava as copas das árvores e fazia com que o sol não castigasse em demasia as pessoas que iam chegando, vestidas com todo o esmero. Familiares, autoridades eclesiásticas e as irmãs do convento lotaram a capela que, apesar de ter um tamanho razoável, encontrava-se atulhada de cadeiras. Mal havia espaço para se andar. Algumas pessoas se abanavam, afanosas.

Foram momentos de grande emoção para todos. Lenços brancos, alguns de cambraia e com monogramas, deixavam constantemente bolsos e bolsas para enxugarem lágrimas furtivas. Do alto do coro, por cima da entrada da capela, um grande harmônio enchia o ar com acordes majestosos, enquanto o coral entoava hinos de agradecimento pelas cinco novas servas do Senhor que trabalhariam na Messe do Cristo, dedicando suas existências à educação e ao Evangelho.

A congregação também cantou, a plenos pulmões:

– "Com minha Mãe estarei..."

Terminada a cerimônia, todos se encaminharam para a sombra do arvoredo e, entre abraços e felicitações, deliciaram-se com refrescos e quitutes preparados pelas mãos abençoadas (ninguém o negaria) da irmã cozinheira.

O dia seguinte foi para Irmã Cenira um desafio considerável. Ao acordar realmente freira pela primeira vez, julgou fosse sentir-se diferente, iluminada, santificada. Abriu os olhos e tentou sentir algum influxo mágico, um formigamento qualquer, uma vertigem benfazeja. Nada, nem um arrepio.

Ergueu-se lentamente, mirou o sol através da janela e fez suas orações decoradas. Queria tanto sua fé de volta, pensou. Arrumou-se e dirigiu-se à capela para a missa matinal. Naquelas ocasiões, mal havia tempo para a rápida celebração, o desjejum e o início das aulas (o sino tocava às 7h).

Ao entrar na capela, viu que as irmãs já estavam todas acomodadas. Sentou-se junto de uma das colegas de profissão solene. Como ela se sentiria hoje? Teve vontade de perguntar baixinho, mas apenas sorriram-se mutuamente e olharam para frente quase ao mesmo tempo. No coro, a irmã organista acabara de iniciar um prelúdio. De pé, as religiosas deram as boas-vindas cantadas ao sacerdote que adentrava o presbitério.

Logo estavam todas as religiosas de volta ao refeitório, falando sobre a nova semana do colégio. Pareciam um bando de pássaros ruidosos, mas cujo chilrear era macio, aveludado.

Assim, foram-se escoando os dias, que se aconchegavam em semanas, essas em meses, e esses, inflexíveis, compunham os anos que se sucediam em ritmo aparentemente lento, mas cuja passagem deixava entrever quão fugaz é a existência humana.

Irmã Cenira foi se dedicando mais e mais ao ensino, trabalhando com um vigor que desconhecia em si mesma. Tornou-se querida das alunas, apesar da disciplina rígida que se impunha e às pupilas. As outras irmãs a respeitavam, mas não entendiam os motivos de ela estar se tornando um tanto arredia. Parecia tão jovial nas ações comuns, mas distante nos momentos de intimidade do convento.

Os anos haviam-na tornado disciplinada ao extremo, mas não a adornava qualquer aura de santidade, de misticismo. Era ordenação do corpo. O espírito permanecia conturbado. Corria, de boca a boca, que, se algum dia atingisse o equilíbrio, seria forte candidata a Superiora do convento.

A administração provincial dava-lhe bastante crédito pelo trabalho pedagógico que desempenhava, em especial com as alunas tidas como problemáticas. Sua tenacidade era respeitada pela Superiora provincial da congregação, fato que a própria deixara escapar em mais de uma visita ao convento.

Certa feita, a veneranda Madre, com quem se entrevistava amiúde, chegara a sugerir-lhe que, caso abrissem um curso elementar na escola, ela seria ideal para trabalhar com as crianças.

À ocasião, Cenira contemplou a Superiora por alguns instantes, num misto de incredulidade e frieza, quase ofendida. Pois a outra não se recordava mais do crime que ela cometera na juventude contra uma criança? A Madre desconversou, impassível.

Foi assim que, desde aquele dia, Cenira começou a perceber, como que por encanto, algo que sempre fizera sem o notar: ela evitava o contato com crianças. Compreendeu que a possibilidade de rejeição de alguma delas a mataria, literalmente. Tinha vergonha, um pavor incontrolável de que um dia soubessem do que fizera a uma de suas irmãzinhas.

Como desdobramento natural dessa descoberta, percebeu porque se dava tão bem com as adolescentes: ela se projetava nelas. Teve consciência de que uma parte de si mesma ainda era aquela mocinha ingênua que se entregara por amor, fora repudiada, estivera a caminho de ter um filho e abrira mão dele, numa mistura de insensatez e imaturidade. Era uma criatura dividida. Duas idades conviviam em perigoso engenho dentro de si, ameaçando pôr a ruir sua máquina íntima ao menor descuido.

Capítulo 12

Retomada

De volta ao presente, à cena que nos introduziu a narrativa de sua história, vemos Irmã Cenira ainda na penumbra de sua cela, sentada na cama, contemplando o vazio do dia nascente. Seu noivo, no crucifixo, permanecia silencioso. Nenhuma condenação, nenhuma consolação. Nada.

Cenira jogou as pernas para o lado, desceu da cama e pegou seus objetos de higiene pessoal. Abriu a porta do quarto e andou silenciosa pelo corredor até o banheiro espaçoso. Sozinha, dividindo o local apenas com seu reflexo no espelho pequeno que encimava a pia, notou que seus olhos fundos e injetados lhe traíam a vigília noturna. Lavou-se cuidadosamente, tentando apagar os sinais da tormenta interior.

– Tormenta? – perguntou de si para si.

Riu por dentro, um riso frio. Esse tempo já passara há muito. Agora só havia calmaria em seu mundo, como naquele mar sem vento que aterrorizava os navegantes de antigamente, pois era prenúncio de morte à míngua, quando os víveres se esgotavam e também a esperança. Nela, a despensa se encontrava igualmente vazia. Era só questão de tempo para que ficasse à deriva.

Fechou a torneira, saiu do banheiro e, ao cerrar a porta do quarto, ainda pôde ouvir as irmãs que deixavam suas pequenas fatias de mundo particular e percorriam o mesmo trajeto que ela fizera momentos antes.

Quando chegou finalmente ao refeitório, havia um recado da Madre Superiora. Ela ligara bem cedo. Estava fora havia alguns dias, tratando de assuntos da congregação. Ela anunciava sua chegada para aquela manhã e dizia que queria vê-la de pronto. Apesar de naturalmente intrigada, Cenira deixou o dia seguir seu curso.

Pelas 11 horas da manhã, uma batida leve se fez ouvir na porta da sala de aula. Irmã Cenira, sentada em seu birô, interrompeu a leitura de alguns sonetos de Camões e virou-se. Uma das irmãs entrou e lhe fez um sinal quase imperceptível. Cenira fechou o livro e escusou-se:

– Precisarei me ausentar, meninas. Irmã Abigail dará continuidade à aula.

Fechando atrás de si a porta, desceu imediatamente ao parlatório. Lá chegando, viu a Madre de olhos fechados, já ocupando sua tradicional poltrona de couro. Nunca soubera o motivo pelo qual ela realizava sempre ali suas entrevistas privadas com as irmãs, e não em seu escritório ou na biblioteca, por exemplo. De toda a província eclesiástica, irmãs de conventos distantes a visitavam para beber na fonte de seu verbo amoroso. Vez que outra, o próprio bispo a chamava à Cúria para conversarem.

Apesar de ter-se aproximado sem nenhum ruído que perturbasse o silêncio da sala, a Superiora percebeu sua presença. Levantando os olhos, recebeu-a com um sorriso que desarmaria o espírito mais embrutecido. Fez sinal para que se acomodasse no famoso canto do sofá.

– Espero que me perdoe por interromper seu labor com as futuras mestras, mas temos algo de vital importância a tratar – e pôs-se a relatar.

Em uma cidade vizinha, a pouco mais de uma hora de viagem de automóvel, as autoridades religiosas da Diocese, lideradas pelo bispo, homem prudente e cônscio dos deveres cristãos para com seu rebanho, resolveram atender a um clamor popular e fundar um orfanato-escola para acolher a quantidade crescente de crianças abandonadas daquela região.

Tentara o religioso mover as autoridades civis para que a ação fosse perpetrada em conjunto, mas a situação política do país estava delicada e as mentes mandatárias tinham mais prioridades do que alguns pequenos cidadãos sem teto, morrendo de fome e de doenças perfeitamente curáveis.

Assim sendo, Sua Excelência Reverendíssima contatou a Madre Superiora para que sua congregação tomasse conta da obra de amor, comprometendo-se ele mesmo a efetuar a construção em breve, com o auxílio da comunidade, em especial da Paróquia São João Batista, que seria corresponsável pelo feito.

O que ele precisava, e daí a urgência, era de alguém que liderasse um grupo seleto de irmãs de vários dos colégios da congregação na elaboração de um programa de funcionamento para a instituição. Deveria ser alguém que conhecesse os meandros do universo pedagógico, para atender às necessidades educacionais do local, mas que também pudesse cuidar igualmente da parte espiritual e social da obra. Em suma, alguém que, atuando ao lado da administração temporal do orfanato, fosse seu coração.

Fazendo uma pausa, a Madre ofereceu tempo para que Irmã Cenira meditasse sobre o que ouvira. Em sua mente, estava tudo claro: apesar da idade avançada, a Superiora era a pessoa perfeita para uma tarefa daquela envergadura. Só não sabia como poderia desempenhá-la a contento, estando tão debilitada pelos anos.

A Superiora olhou-a exultante e anunciou, com intenção na voz:

– Conversei longamente com a Madre Geral da congregação, em São Paulo. Com a inspiração de Nosso Senhor e de sua Mãe Santíssima, chegamos à conclusão de que você é a única pessoa capaz de liderar este projeto educacional, minha filha.

Cenira ficou inicialmente rija, respiração presa, depois amoleceu, sem forças. Era um gracejo, só podia ser, um teste qualquer. Ou então, a Superiora perdera completamente o juízo. Todavia, em sua poltrona, a senhora a fitava com doçura crescente.

A realidade atingiu Cenira, por fim. De um salto, pôs-se de pé, mas sem saber o que fazer. Com um gesto brando, a Superiora indicou que se sentasse outra vez, o que ela fez desabando no sofá, apoiando-se na braceira para não errar o caminho.

A anciã curvou-se para frente em seu assento e tomou-lhe a mão que estava a seu alcance. E deu-lhe a maior lição de vida que jamais tivera.

– Desde o primeiro dia em que a vi, ainda uma adolescente que cometera um ato impensado, uma voz me sussurrou ao coração que aquela pobre menina amargurada seria, um dia, a redentora de uma multidão dos pequeninos de Jesus.

– Não... reverenda! Eu...

Mas a religiosa prosseguiu, calmamente:

– Ouvi, na acústica de minha alma, que a reparação do ato impensado seria paga ao cêntuplo, pelo menos até o dia em que a Justiça Divina a chamasse a responder por sua decisão de outra forma mais contumaz, num futuro distante.

– Madre... Não posso... Não estou pronta.

– Sobre isto, Deus o sabe muito bem, minha filha. E Ele jamais erra, não é?

Com sua percepção elevada das coisas do Alto, a Madre sentiu a presença de mensageiros do Plano Maior que, em torno das duas mulheres, oravam, pedindo forças para que a trabalhadora abraçasse sua oportunidade bendita de emendar, em parte, sua loucura da juventude.

Irmã Cenira prorrompeu em um pranto quase convulsivo, abrindo cadeias que estiveram fechadas por uma eternidade. Não conseguia falar, mas tudo aquilo vinha ao encontro de uma intuição que sempre tivera, e da qual procurara se afastar, por se julgar a mais ínfima das criaturas. Atirou-se de joelhos no chão e enterrou a cabeça no regaço da Superiora.

A Madre viu, então, uma chuva de pétalas azuis se derramando sobre o parlatório. Entendendo o que se passava, aconchegou entre as mãos a fronte da filha espiritual:

- Não vacilarás nunca, filha. Quem te envia nesta tarefa é a Mãe do Salvador. Nunca estarás ao desamparo - pronunciou com voz alterada, como se tocada por algo maior que ela mesma.

Cenira ainda não conseguia dizer nada, mas a força daquele chamamento a atingira em cheio. Lembrou-se do "eis aqui a serva do Senhor", na Anunciação, e de como Maria não fugira ao dever. Sentiu-se débil, insignificante, mas, inexplicavelmente, forte, gigante.

Ainda de joelhos, baixou o olhar e conseguiu apenas assentir afirmativamente com a cabeça. A senhora ergueu os olhos para o Alto e agradeceu a Deus por nunca desamparar os Seus. Havia chegado o momento da redenção daquela alma. E de inúmeras outras.

Capítulo 13

Projeto social

De volta a sua cela, Irmã Cenira pôde coordenar um pouco melhor os pensamentos, abalada que estava com a missão que, havia pouco, lhe fora confiada. Ajoelhou-se no tapetinho ao lado do leito, juntou as mãos em prece, elevou o pensamento a Maria de Nazaré, a Mãe Sublime, e orou espontaneamente pedindo forças e inspiração. Uma luz azulada a envolveu.

De repente, como se uma voz houvesse falado nitidamente em seu pensamento, veio-lhe a imagem de Maria Madalena, discípula bem-amada de Jesus e que experimentara incrível transformação pela nova fé que vira brotar em si mesma. Sim, a pecadora arrependida era o modelo que procurava. Cenira abriu os olhos, assustada, e olhou em volta. Estava só.

Ergueu-se, enxugou os olhos, alisou o hábito e desceu para o almoço. O amplo salão já estava tomado pelo aroma delicioso da comida. Ao longo de duas mesas compridas, as irmãs do convento, os funcionários e algumas das professoras laicas já estavam a postos, olhando a refeição simples, mas saborosa.

A fama da irmã cozinheira era conhecida em toda a província eclesiástica. Já bem idosa, ela se esmerava em transmitir a duas noviças seus segredos culinários. Cenira ainda se lembrava dos quitutes de sua profissão solene, comentados durante muito tempo pelas famílias que lá se fizeram presentes.

– Deus, há quanto tempo foi isso? – pensou.

Quando se dirigiu ao seu lugar costumeiro, notou que não havia mais espaço para nenhuma cadeira. Estranhou, mas pensou ser um desarranjo corriqueiro na organização dos assentos. Já ia se dirigir para o outro lado da mesa, quando ouviu seu nome pronunciado em tom mais elevado.

– Cenira!

Virou a cabeça e viu a Madre, a vários metros dali, à ponta da mesa, que acenava para que se sentasse do seu lado esquerdo. A irmã teve um ligeiro momento de pânico, antevendo que algo estava por vir. Conforme previra, a Madre ergueu o braço e pediu silêncio.

Então, disse que, antes de endereçarem a Deus o agradecimento devido pela refeição que iriam tomar, ela tinha boas notícias. Depois da costumeira pausa, falou sobre o novo empreendimento que a congregação agora iria abraçar no amparo às pobres criaturinhas de Deus. E completou dizendo que uma das irmãs havia sido escolhida para liderar o projeto educacional e social do novo orfanato-escola.

Sorrindo mais intensamente, curvou-se e pegou delicadamente o braço de Irmã Cenira e o ergueu. Emocionados que estavam, alguém arriscou umas palmas, e todos, como que aguardando a iniciativa, prorromperam em efusivo aplauso, não só pela nova missionária, mas pelo empreendimento em si.

Após o alegre almoço, Cenira e a Madre permaneceram no refeitório. A senhora foi inteirando a filha dos detalhes do projeto, dentre eles, a projeção de custos. A peleja para angariar recursos já começara, uma vez que o que a Diocese podia disponibilizar cobriria apenas um terço do orçamento, estimou-se. A Paróquia São João Batista, na cidade onde seria erguida a obra, já estava planejando levantar fundos. A iniciativa privada seria conclamada a ajudar.

Informou ainda a Madre que, em breve, cinco irmãs que ajudariam Cenira no projeto pedagógico e social viriam até ali para um primeiro contato. Três delas eram já conhecidas pelo trabalho que faziam em outros conventos e escolas da congregação. As duas irmãs remanescentes eram bastante jovens, apesar de uma delas já ter estudado em Roma, granjeando fama pelo intelecto brilhante, pela erudição e capacidade de trabalho.

- É um time de primeira - disse a Madre, séria. - E a comandante está à altura de suas comandadas - acrescentou.

Tudo deveria ser planejado a contento para que o governo reconhecesse legalmente a escola, o que a tiraria da informalidade e validaria os certificados lá conferidos. A obra seria feita em uma grande área verde doada por um fazendeiro, nas proximidades da cidade vizinha.

Seria uma mistura de chácara, escola e obra assistencial. O plano era oferecer cursos de formação de artífices, possibilitando aos jovens uma oportunidade de inserção no mercado de trabalho.

– Talvez cursos para formação de alfaiates, costureiras, sapateiros, marceneiros... – sugeriu Cenira, com entusiasmo.

Segundo o bispo já informara, a obra estaria pronta e funcionando em dois anos, se começada no mais tardar em dois ou três meses, dependendo da quantidade de dinheiro que fosse entrando em caixa. A planta estaria pronta até o fim do mês, pois o arquiteto e o engenheiro responsáveis já estavam trabalhando nela, em segredo, havia algum tempo.

Nesse ponto da conversa, a excitação das duas chegara ao máximo. As falas eram apressadas, as palavras encurtadas, para poupar tempo.

De repente, a Madre se deteve e seu rosto se contraiu, empalidecendo, como se uma dor aguda a houvesse atingido. Engolindo em seco, devido ao susto, Cenira ia erguer-se e pedir ajuda, mas a veneranda senhora a deteve com um gesto rápido e um olhar inequívoco, enquanto foi voltando ao normal. Mesmo assim, a filha serviu-lhe um pouco d'água.

Tudo não durou mais que um minuto, mas as marcas do episódio vincaram a face da Superiora. Um suor fino e gelado lhe umedeceu a testa em instantes. Permaneceram em silêncio por alguns minutos. Já mais reanimada, a Madre ergueu-se, tomou as mãos da filha e disse, séria:

– A vida tem seus próprios caminhos... E um deles, perfeitamente natural, é que eu siga o curso de minha existência em outra esfera da Criação.

Irmã Cenira compreendeu que alguma moléstia severa acometia sua mãezinha espiritual. Quis gritar, abraçá-la, dizer-lhe que, com a morte dos pais, ela era sua mãe e que a amava. Nem os anos de treinamento na indiferença foram suficientes para dissimular tamanha dor. Encolheu-se em pranto amargo e silencioso.

A senhora tirou da manga o tão conhecido lenço e deu-o à filha para que cobrisse o choro. Com a autoridade espiritual que sua vivência e conduta cristãs a asseguravam, proibiu suavemente a filha de dizer a quem quer que fosse o que ali presenciara. Somente estavam a par as duas religiosas, que a acompanharam ao médico, em São Paulo, e a Madre Geral da congregação. Esta ainda tentara demovê-la de participar do projeto, mas capitulou, ante sua determinação.

– Minha querida... É crucial que eu esteja ativamente à frente do projeto do orfanato enquanto minhas forças o permitam. Se soubessem de minha debilidade crescente, certamente já me teriam proibido de trabalhar, a começar pelo bispo...

A superiora ergueu-se com cuidado, auxiliada pela filha. Despediu-se com o tradicional sorriso e, a passos comedidos, mas firmes, rumou para seu quarto, a fim de repousar um pouco.

De pé, ao lado da mesa, lenço na mão, olhos parados, Cenira sentiu uma dor que chegava a paroxismos de agonia.

– Há poucos dias, teria me revoltado contra Deus, mas não hoje – refletiu.

Uma mão encarquilhada tocou-lhe de leve o ombro. Virou-se no susto e deu de cara com a irmã cozinheira. Seus olhos se cruzaram e a anciã, muito magra e já curvada pela idade, encarou-a com firmeza. Com voz rouca, expulsou-a gentilmente da copa, pois precisava cuidar de recolher tudo para lavar.

Surpresa, Cenira olhou o relógio na parede e deu-se conta de que só tinha alguns minutos para ir até o quarto, antes de suas aulas vespertinas. Com um meio sorriso, acenou para a "santinha dos quitutes", como era conhecida a religiosa, e saiu ligeira.

Capítulo 14

TAREFA REDENTORA

NOS DIAS QUE se seguiram, a nova missionária pôde conferir em si mesma mudanças que jamais pensara possíveis. Começou a pensar no quanto perdera em tempo, energia e vitalidade, entregando-se a devaneios que a consumiam pouco a pouco, submergindo-a num mar de dúvidas.

– O tempo do Senhor é o tempo certo... Se não estava madura para a colheita, o que tinha antes a oferecer? – refletiu. – Uma terra árida, sem possibilidades, sem promessas... – ponderou, de si para consigo.

No fim do mês, a Diocese mandou carta circular a todas as paróquias, conventos e seminários da região, anunciando a data de lançamento da pedra fundamental do orfanato-escola. Vencida essa primeira etapa, as obras não deveriam tardar. Portanto, era preciso andar rápido com o programa pedagógico-social.

Munida de uma cadernetinha, Irmã Cenira anotava tudo o que lhe vinha à mente para depois se informar.

Eram muitos detalhes práticos que precisavam ser observados, pois afetariam diretamente a vida da instituição e, por conseguinte, o bem-estar e o aprendizado das crianças.

Cenira decidiu convocar sua comissão para se reunir na semana da cerimônia anunciada pelo bispo. Como elas eram de três localidades diferentes, e sua cidade era a mais próxima daquela onde se edificaria o orfanato, poderiam ir todas juntas, dali mesmo, assistir à solenidade. Por telefone combinou com quatro das irmãs. Apenas uma delas morava em uma cidade que não havia sido ainda apresentada a tal comodidade. O recurso foi um telegrama.

No dia aprazado, uma terça-feira chuvosa, as freiras foram chegando à prestação. As duas mais jovens, cujo convento era relativamente próximo, chegaram logo cedo, a bordo de um moderno Chevrolet, modelo 1927, comprado diretamente da fábrica, em São Paulo, e cedido pelo prefeito de sua cidade. O motorista oficial, senhor bastante calvo, mas que ostentava bastas costeletas brancas, ajudou-as prontamente com a pouca bagagem.

Outras duas irmãs desceram no início da tarde da boleia de um caminhão Ford em estado bastante precário. Segundo lhes explicara o motorista prestativo, aquele estava entre os primeiros fabricados no país e não tinha a estabilidade dos importados, por isso chacoalhara tanto na estrada. Problema no molejo, completou.

A última irmã chegou por volta da hora do Ângelus[5], também de automóvel, mas que pegou apenas depois

5. As orações do Ângelus, ou da Ave Maria, são proferidas três vezes ao dia: às 6h, às 12 e às 18 horas. Com o tempo, a mais tradicional tornou-se a do fim da tarde, a que se refere o texto. **Nota do Autor Espiritual.**

de um dia de viagem de charrete de sua cidade até outra, a meio caminho. Lá dormira e esperara até depois do almoço da terça-feira, para que a carona combinada estivesse pronta para partir.

Apesar dos corpos moídos pelas agruras da viagem, a primeira reunião da comissão, ainda que informal, aconteceu à mesa do jantar. A Madre estava presente, mas desculpou-se discretamente depois da refeição e olhou Cenira com um sorriso maroto (curioso naquele rosto santo). Retirou-se pelo corredor, levando um copo alto com água, coberto por um pires. Mais dois dedos de prosa e as visitantes também foram encaminhadas aos quartos. Terminadas as preces, todas desabaram na cama.

No dia seguinte, com um sol encantador, daqueles que só aparecem depois de uma noite chuvosa, veio o café reforçado. Logo estavam na sala de reuniões. A decisão de se encontrarem provou ser acertada. O volume de anotações que cada uma fizera antecipadamente deu margem, quando compiladas e repensadas ao longo dos dias, a um esboço inicial do plano de funcionamento do orfanato-escola.

Com base em algumas projeções que a Madre fizera, chegaram à conclusão de que a capacidade máxima de ocupação, com as atividades plenamente atendidas, seria de cinquenta crianças. Entreolharam-se, sem acreditar.

– É muito pouco... – disseram as cinco quase ao mesmo tempo.

Porém, entenderam que era preciso começar e depois ir crescendo gradativamente.

O trabalho absorveu-as pelo resto da semana. Decidiram que nas férias de fim de ano, já quase ao alcance da mão, elas se reuniriam novamente o período inteiro, a fim de dar continuidade ao trabalho e amadurecê-lo o suficiente para terminarem uma primeira versão oficial, que seria levada à apreciação do bispo e da comissão central. Até lá, trocariam pelo correio os esboços que fossem desenvolvendo.

Finalmente, chegou o sábado, o tão esperado dia do lançamento da pedra fundamental. Às cinco da manhã, o convento já estava de pé. Todas queriam se despedir das convidadas e desejar à pequena comitiva toda a felicidade na cerimônia, que seria às 9h, na cidade vizinha.

Ao nascer do sol, três automóveis já estavam estacionados na porta do convento, cortesia de pais de alunas. A Madre, Cenira e as cinco irmãs distribuíram-se nos veículos. Os solavancos do caminho sacudiam as passageiras, enquanto os motoristas, que já pareciam estar acostumados, mal se moviam. As pobres mulheres saltavam no ar como pipocas numa grande panela motorizada.

Uma hora e meia depois, a caravana chegou à cidade de destino. Antes de entrar nas ruas calçadas, os carros quebraram à direita, rumo ao campo. Logo avistou-se uma aglomeração humana no meio do descampado. Próximo dali, do outro lado, iniciava-se uma região de mata fechada que se perdia na distância.

No local da cerimônia, uma grande tenda fora armada, sob a qual um altar estava sendo finalizado. Haveria missa. Ao lado de uma jardineira estacionada a curta distância, uma dúzia de instrumentistas da Banda da Matriz ensaiava o repertório que tocaria para entreter os participantes e acompanhar os cânticos da celebração eucarística.

Ainda sem os paramentos, o bispo circulava entre as quase cem pessoas que já estavam no local. Pelos carros, carroças e cavalos espalhados ao redor, via-se que as mais diversas camadas da sociedade haviam acorrido ao evento. Alguns senhores empertigados, de casaca completa e com bigodinhos e cabelos bem penteados e reluzindo de óleo perfumado, andavam daqui para ali em agitado bando. Eram os políticos locais.

A comissão liderada por Cenira foi apresentada ao arquiteto e ao engenheiro de São Paulo que trabalhavam no projeto. À sombra da tenda, abriram os papéis em cima de uma mesinha e conversaram demoradamente. Animadas, as irmãs desfiaram um cordel de sugestões que, acreditavam, iriam facilitar-lhes o trabalho e melhorar a vida das crianças.

Meio a contragosto, os dois homens concordaram com diversas ideias, demovendo de outras as falantes irmãs. Prometeram que fariam as alterações que fossem mais benéficas e (por que não?) mais econômicas.

Cenira afastou-se e olhou os arredores, emocionada. Lembrou-se das palavras sábias de Santo Agostinho, quando se referia à sua conversão ao Cristo, após tantos desmandes pelo mundo:

– Tarde te amei, ó beleza tão antiga e tão nova![6]

---

6. Santo Agostinho – Confissões. Livro X, capítulo XVII, item 38.

Mais uma vez lembrou-se de Maria Madalena e sentiu um bálsamo a correr nas veias:

- O tempo de Deus é o tempo certo!

A banda silenciara suas marchas e polcas, preparando-se para tocar o primeiro cântico. Cenira foi para as cadeiras reservadas às irmãs, enquanto a pequena multidão, que mais que dobrara desde que elas chegaram, se amontoava ao redor da barraca.

O mestre da banda moveu a batuta e a "furiosa" iniciou os primeiros acordes solenes da introdução, ao que o povo, contrito, respondeu cantando:

- Coração Santo, tu reinarás...

A celebração foi tocante. O bispo escolheu leituras que falavam da caridade como ponto central da vivência cristã. No Evangelho, foi ouvido o "deixai vir a mim as criancinhas"[7], após o que ele, como que tocado por uma aura celeste, proferiu a homilia cheio de arrebatamento, levando os espíritos presentes ao êxtase.

Terminado o sermão, todos saíram em curta procissão pelos cem metros que os separavam do local onde seria depositado o marco inicial da construção. Sobre o pequeno bloco de pedra, o bispo verteu água benta e o abençoou. Num arroubo, pediu a Maria de Nazaré que tomasse sob seu manto aquela obra edificada para acolher seus filhinhos desgraçados pelo infortúnio.

Uma lufada de ar fresco e perfumado passou pela multidão e roçou de leve os rostos emocionados. Percebendo o fato, a Madre e a filha se entreolharam em

7. Marcos 10:13-16.

silêncio e, de olhos cerrados, se juntaram ao povo que cantou em voz firme a *Salve Regina*.

Terminada a consagração da pedra fundamental, o celebrante voltou para a barraca e deu prosseguimento à celebração da missa. Depois da bênção final, a banda retomou o repertório ligeiro e a comida começou a surgir de todos os lados: queijos, doces cristalizados, bolos, biscoitos de polvilho, petas, roscas trançadas e pães diversos para o café da manhã, que seria regado a muita alegria.

Uma fogueira foi acesa e o café encorpado não levou mais que um quarto de hora para encher o ar com seu aroma inconfundível. Entre sonhos e esperanças, a maioria ali ficou até quase a hora do almoço.

Capítulo 15

REVELAÇÃO

AS IRMÃS DA congregação foram quase as últimas a partir. Já dentro de seus veículos, seguiram o automóvel preto que ostentava o brasão da diocese pintado nas portas. O bispo convidara-as para almoçarem na cúria e viajarem mais tarde, quando o calor do dia tivesse cedido um pouco. Elas aceitaram de bom grado.

Com exceção da Superiora, nenhuma delas estivera antes naquela cidade, núcleo urbano bastante próspero do interior paulista. As ruas estavam apinhadas de gente, apesar de ser sábado. É que todos aproveitavam para passear um pouco e fazer compras na feira aberta que havia naquele dia, perto das ruas do comércio.

A caravana parou em frente à catedral e elas ficaram deslumbradas ante a imponência e beleza do edifício. Porém, na residência episcopal, tudo era bastante simples. Ordens do "bispo dos pobres", como o chamavam. Ele pastoreava seu rebanho havia vinte e sete anos e imprimia-lhe o selo da moderação e da caridade.

Pelas quatro da tarde, despediram-se todos com emoção e tomaram cada uma o seu rumo. Acomodadas no automóvel, a Madre e Cenira iam em silêncio. A veneranda senhora não parecia se incomodar com as agruras da estrada, transparecendo no rosto uma serenidade que deixou a filha um tanto incomodada.

Passava um pouco do Ângelus, quando entraram em casa pelo portão lateral da escola e encontraram as companheiras jantando. Ante a aclamação geral, tiveram as duas viajantes que contar as aventuras do dia nos mínimos detalhes. Foi uma festa.

Na hora de se recolherem, a Madre fez questão de abraçar a todas as filhas e dizer, a cada qual, uma palavra de afeto. Cenira foi ficando por último. Quando todas haviam saído, a veneranda tomou a filha pelo braço e puxou-a silenciosamente pelo corredor às escuras, em direção ao parlatório. Lá chegando, sentou-se na sua poltrona costumeira, indicando que a filha tomasse, como sempre, seu lugar no sofá.

E falou-lhe de coisas sublimes. Disse-lhe que Jesus já a aguardava para breve em seus braços amorosos e que a filha teria que prosseguir seus trabalhos com a mesma energia. Cenira sabia, já o havia sentido. Ajoelhou-se no tapete e debruçou-se sobre o colo da mãe espiritual.

Acariciando os cabelos da filha por sobre o véu do hábito, a Superiora falou-lhe de amor e de trabalho na messe do Cristo. Disse que a caridade era o meio excelso para se alcançar a salvação. Que a fé se manifestava nas ações concretas em favor do próximo e não apenas na crença interior.

Por fim, erguendo o rosto da filha, a Madre lhe disse, olhos banhados em lágrimas:

- O filho que recusaste, quando jovem e insensata, retornará a teus braços como uma das crianças do orfanato.

Cenira assustou-se.

- Como seria possível? - não entendia.

A Madre ergueu-se.

- Desta vez a criança nascerá de outro ventre. O que é da água, é água. O que é do espírito, é espírito - respondeu, sorrindo, brandamente.[8] - Não te preocupes. Tu saberás identificar, em teu coração, aquele que um dia foi rejeitado.

Cenira chorava de mansinho. Não parava de repetir:

- Obrigado, Senhor! Obrigado, Senhor!

Ficaram ali por longo tempo. Depois, a Madre, curvando-se para frente no assento, abraçou a filha. Foi um gesto de amor, de encorajamento, de agradecimento. Em seguida, pediu que Cenira buscasse um copo com água, pois precisava se refazer.

A filha pôs-se de pé lentamente, passou as mãos pelo rosto e deixou o recinto. Sem acender as luzes dos corredores, chegou à cozinha e encheu uma caneca esmaltada de água. Sorveu tudo de uma vez, pois o choro a deixara com a garganta dolorida. Encheu rapidamente outra e voltou para o parlatório, cuidando para não derramar o líquido refrescante pelo caminho às escuras.

Chegando mais perto da porta aberta, a luz acesa ajudou a guiar seus últimos passos. Entrou e dirigiu-se

---

8. Trecho da conversa de Jesus com Nicodemos. (João 3:1-21)

à poltrona. De mãos cruzadas sobre o ventre, a Madre recostara-se e tinha a cabeça ligeiramente caída para o lado.

Cenira teve um sobressalto. Apesar do semblante sorridente, o rosto da Superiora estava pálido como uma folha de papel. Uma pontada atingiu em cheio o coração da filha. Baixou o olhar e notou o peito imóvel da senhora. Lágrimas desceram imediatamente, numa saudade antecipada pela partida da mãe. A veneranda já sabia, desde mais cedo. A filha notara suas feições serenas no automóvel.

Depois veio a despedida de cada irmã no jantar, e a revelação sublime que lhe fizera havia poucos instantes. Pousou a caneca calmamente na mesinha de centro e sentou-se no seu cantinho do sofá. Ergueu-se, afagou de leve a face da Madre e murmurou:

– Até breve, mãezinha.

Em seu coração sabia que a veria de novo. Aprumando-se ganhou calmamente o corredor, à procura das outras irmãs, a fim de anunciar-lhes a triste notícia.

Capítulo 16

PREITO DE GRATIDÃO

COMO PARADOXO DOS paradoxos, o dia seguinte amanheceu esplêndido. Ninguém se lembrava de ter visto ainda manhã tão bela naquele ano.

No interior do convento, as irmãs acompanharam a aurora com tristeza e desolação. Recebida a notícia da desencarnação da Superiora tão amada, o pranto misturou-se às tarefas normais em tais circunstâncias. O corpo foi preparado com carinho, sendo respeitosamente transportado para o saguão da escola, onde, apesar da madrugada, o ataúde já havia sido arrumado pela funerária.

À hora das matinas, o sino da matriz anunciou, com seu toque plangente, que alguém da comunidade havia retornado ao seio do Pai. Inteirados de boca em boca sobre o acontecimento, os moradores afluíram para o último adeus à benfeitora espiritual que granjeara de todos da região o respeito e a admiração pelos quase sessenta anos de trabalho, desde que ali chegara, ainda no período do noviciado.

Comunicado do ocorrido, o bispo partiu de automóvel antes do raiar do dia, chegando ao convento logo cedo com dois auxiliares, para celebrar ele mesmo as exéquias daquela ovelha querida de seu rebanho. No caminho, refletia sobre os desígnios divinos.

Ainda ontem, estavam todos reunidos em festa na solenidade de lançamento da primeira pedra do orfanato. Hoje, entregavam-se ao luto. Misteriosos, mas certamente sábios, os caminhos de Deus...

A Superiora Geral estava retida na capital paulista, na sede da congregação, e não chegaria a tempo do sepultamento, mas deixou tudo acertado para sua vinda no dia seguinte, a fim de consolar as filhas e dar encaminhamento aos aspectos administrativos e legais que são naturais em tais circunstâncias.

A encomendação foi presidida, às 15 horas, por Sua Excelência Reverendíssima. Rezou-se o *Libera me* e entoaram o *Memento*, circulando em torno do caixão com o turíbulo e incensando os despojos. Em seguida, foram se dirigindo em procissão para o cemitério, onde o envoltório de madeira desceu ao jazigo perpétuo que o convento ali adquirira havia muitos anos, para o repouso das irmãs falecidas. Muitos choravam, alguns cantavam com voz embargada: "A nós descei, divina luz..."

Irmã Cenira a tudo acompanhava, num misto de tristeza e paz. Estava firme como um rochedo fustigado pelo mar. Sem que tivesse havido nenhuma combinação neste sentido, ela assumira a liderança das providências ligadas ao funeral, consolando as companheiras e oferecendo palavras de conforto à multidão que por lá passara ao longo do dia.

Enquanto dois funcionários do cemitério terminavam de cimentar a lápide branca, Cenira se apercebeu onde buscara tamanha coragem: na fé! A morte da mãe querida fora sua última prova. Ela emergiu de suas reflexões, ante a aproximação do bispo que, sorrindo, encarou-a direto nos olhos.

- Minha cara, os pequeninos de Deus receberam um imenso tributo de santidade dessa alma tão santa que agora se foi. Ela abriu caminho com suor e lágrimas.

E acrescentou, agora sério:

- Alguém deverá tomar-lhe a enxada e prosseguir cavando a terra.

Sem tirar dela os olhos vivos, virou-se com um aceno na direção do automóvel que já o aguardava.

A irmã sentiu-se petrificada. Entendera perfeitamente aquele olhar. Cuidar da parte educacional e social do projeto era uma coisa. Encarar o desafio de estar à frente de tudo era outra. Porém, como um sussurro, ouviu uma voz suave que lhe falou ao coração:

- Ora e confia.

Teve um leve sobressalto, mas já aprendera sobre essas vozes que a Madre ouvia. Eram seu dom natural inquestionável. Respirou fundo, levantou os olhos para o céu crepuscular e, resoluta, foi acompanhando a onda humana que lentamente deixava o Campo Santo.

Os dias que sobrevieram foram difíceis. A escola fechou por três dias para o luto oficial. Conforme prometido, a Superiora Geral da congregação chegou na manhã do dia imediato, após viajar boa parte da madrugada. Firme, acostumada que estava a situações em que a morte vinha ceifar da convivência material suas filhas, trouxe alento e ordem ao convento.

Depois de uma visita ao túmulo, a Superiora convocou as irmãs para uma reunião no refeitório. Deixou claro, entre outros pontos, que tão logo houvesse pedido orientação do Alto por meio da prece, decidiria o nome que sucederia a Madre à frente daquele núcleo da congregação.

Decidiu que Cenira assumiria interinamente algumas das funções essenciais. E enfatizou que as obras do orfanato prosseguiriam conforme planejado, e que, juntamente com o bispo, decidiriam em breve quem tomaria o lugar da veneranda senhora na empreitada.

A Madre Geral ficou no convento pelos três dias do luto oficial, partindo na manhã mesma em que as alunas retornavam às aulas. Acenando para o automóvel que se afastava, irmã Cenira foi deixada com mais certezas do que dúvidas, e era justamente isso que a assustava. Mas, lembrou-se do "Ora e confia", e entregou suas decisões ao amparo divino.

Para reconforto geral, a vida entrou logo no eixo, com a retomada das aulas e de outras atividades da escola. Quando da missa de sétimo dia, a rotina já havia se estabelecido novamente. As irmãs puderam entender que a mãezinha se fora para uma vida feliz e que elas precisavam conter as lágrimas e se entregar ao trabalho, o que era precisamente o desejo dela.

Um mês após o sepultamento, entraram no período

do Advento. As férias e o Natal estavam próximos. Com a escola já vazia, passaram a se entregar aos preparativos da tão sonhada entrega de diplomas às alunas do último ano, as normalistas, que se formavam para ser as futuras professoras da infância e da juventude. Os exames finais foram conduzidos por uma equipe oficial do governo.

Tradicionalmente, a Superiora sempre fizera uma preleção na cerimônia de colação de grau. Naquele ano, porém, com a partida da mãezinha, as irmãs se reuniram para decidir quem falaria oficialmente em nome da congregação. Decisão fácil. Em dois minutos, a Irmã Cenira recebeu a incumbência. Um pouco assustada ainda, prometeu não poupar esforços na preparação.

A formatura, marcada para a sexta-feira anterior à semana do Natal, ocorreu com toda a pompa. O auditório do convento foi todo decorado com as costumeiras flores do jardim. Fitas de um azul escuro, cor do magistério, estavam trançadas pelo local, percorrendo as paredes e enchendo o ambiente com um reflexo do céu. A mesa diretiva foi postada no centro do palco, à frente de seis cadeiras de espaldar alto e com bordas torneadas. Do lado direito do palco, um largo púlpito de madeira escura maciça aguardava, imponente, as oradoras da noite.

A plateia foi se enchendo aos poucos, até que às 20h o local estava abarrotado de amigos e familiares das novas profissionais do ensino.

Pouco antes do início da cerimônia, uma surpresa: a Madre Geral apareceu de chofre para assistir ao evento. O fato causou espanto porque não havia sido anunciado previamente. Fazer uma viagem tão longa sem avisar... Já estavam até por providenciar-lhe um lugar à mesa, ao que ela polidamente recusou.

– Não, filhas... Não se preocupem. Vim apenas para assistir.

Naquela confusão da noite, arrumaram-lhe uma cadeira confortável na plateia e foram logo tratar de outros detalhes.

À hora aprazada, a banca foi composta pela diretora, pela Irmã Cenira, por uma professora laica que seria homenageada pela turma, pela secretária da escola e por dois representantes do Estado credenciados junto ao governo.

Depois das formalidades iniciais, ocasião em que o orfeão de alunas cantou o Hino Nacional e o hino da escola, vieram os discursos da noite. Uma das alunas falou brilhantemente em nome das formandas. Foi efusivamente aplaudida. Autoridades se pronunciaram, homenagens foram feitas. Lágrimas e risos brotavam espontaneamente.

Então, a diretora anunciou o tão esperado discurso da representante da congregação. Fez-se profundo silêncio, enquanto Irmã Cenira se levantou da mesa e, a passos tranquilos, se dirigiu ao púlpito. De uma pastinha de cartolina rosada que trazia consigo, retirou algumas folhas de papel-carta, cuidadosamente copiadas à mão. Fitou o mar de cabeças e, com voz firme, iniciou a leitura.

> Boa noite a todos, sejam as autoridades aqui presentes, sejam nossas queridas alunas, que hoje transpõem os portais da vida, sejam os pais, parentes e

amigos que as ampararam, muitas vezes com sacrifícios inauditos para que elas, hoje, recolhessem, na forma de um diploma, o troféu da empreitada de suor, risos e lágrimas a que se dedicaram.

Fez uma pausa, abaixou a cabeça, como que a meditar, erguendo-a em seguida.

Hoje, aqui me encontro na mais honrosa das tarefas, saudando em nome de nossa congregação mais esta turma que entregamos à sociedade. Porém, devido às voltas nem sempre previsíveis da roda do destino, controlada do Mais Alto pelo próprio Criador, cá estou em indigna substituição àquela que foi nossa mãe, mentora e modelo de inspiração pelo tempo em que todas nos lembramos de estarmos vivendo nossas vidas. Como religiosa, ela foi um exemplo de fé e trabalho incansável; como madre, soube orientar com extraordinária sabedoria a todos os que cruzaram seu caminho em busca de uma palavra amiga; como modelo de conduta, ensinou pela exemplificação que o amor precisa ser colocado à frente da razão, para que tenhamos um ideal elevado, real, ao qual direcionarmos nossos esforços na caminhada sobre a Terra.

Entretanto, peço licença para, ainda que cônscia da responsabilidade oficial que me toca nesta cerimônia, não falar por ela, o que seria apenas repetir o que sobejamente já nos disse em palavras e ações, mas falar para ela.

E passando à folha seguinte, continuou:

> Mãezinha querida, deste-nos a todos uma ideia precisa do que seja viver em contato constante com as cousas de Deus. Teus olhos jamais se fixaram nas nossas faltas humanas, sem que teu coração mandasse pelos teus lábios um conselho, um consolo, uma solução, por vezes simples, para aquilo que nos afligia. Tua mão firme nos guiou com segurança pelos caminhos tortuosos de nossa alma, ensinando-nos a encontrar no Evangelho reparador e em nós mesmos todos os elementos necessários para que reconstruíssemos a vida que ruíra por nossa incúria. Sem que disso nos apercebêssemos, muitas vezes o que fazias era tão somente colocar-nos novamente na senda da fé, fosse pela prece que refrigera, pela caridade que edifica ou pelo sorriso que aplaca os maus ânimos. Até mesmo ao partir tu nos deste o ensino.
>
> Voltaste para os braços da doce Mãe do Salvador com a humildade do trabalhador que descansa à sombra de frondosa e acolhedora árvore e que, contemplando o crepúsculo, sabe que voltará em breve à lide, apenas passado o curto repouso de uma noite de sono. Sabedora das coisas do Alto, sentiste a aproximação do momento em que irias deixar para trás teu corpo carnal para reassumires tua forma angélica, que te permite agora mirar nos olhos os enviados do Senhor que te sempre auxiliaram ao longo de tua missão. Deste a cada uma de tuas filhas, na tua despedida, a gota de luz e esperança de que pre-

cisavam para seguir adiante na trilha do amor e da busca pelo progresso de si mesmas.

Deteve-se, por alguns instantes...

Quanto a mim...

Um nó na garganta embargou-lhe a fala. Mas, recompondo-se, prosseguiu:

Deste-me, como último gesto de ternura, uma razão para viver, um sentido novo numa existência pela qual passava tão somente pelo senso do dever. Uma vida em que a fé se encontrava arrefecida como a brasa que, não encontrando calor suficiente em si mesma, não resiste ao açoite do vento gelado da noite escura, conceito tão bem exarado nas palavras de São João da Cruz. Se hoje me ergo a cada manhã, mal podendo esperar para me entregar à faina de Jesus, é porque tu me concedeste esta graça com tua presença de luz e sabedoria.

Contemplou demoradamente as freiras sentadas nas primeiras filas e o grupo de formandas.

... Eis aqui nossos corações, inflamados de amor pelos pequenos da sorte, assegurando-te que até a última fibra do nosso ser o teu projeto de bondade será como tu sonhaste. Sonhaste, não, anteviste, porque em tua visão profética enxergaste brotando

> do chão e dos corações o edifício de amor que trará alento às alminhas sofridas.
>
> Finalmente...

Ergueu os olhos do papel, como que mudando de ideia quanto à conclusão que escrevera.

> ... Entrego-te meu espírito para que tua obra se concretize no mais alto grau de perfeição. Que a Mãe das Mães seja a diretora deste trabalho, que Jesus dele se faça o benfeitor supremo, e que o Pai nos cubra a todos com seu olhar misericordioso. Arregacemos as mangas e, pés na terra revolvida, preparemos, tijolo a tijolo, lágrima a lágrima, sorriso a sorriso, esta láurea para tua existência terrena, certos de que, um dia, nos reencontraremos em uma das muitas moradas da casa do Pai, para celebrarmos o amor e a vontade de servir.

Seus olhos faiscavam, suas mãos erguiam-se para o ar, o peito arfava e o olhar fitava o infinito. Depois de alguns segundos, fitou a plateia boquiaberta e falou, baixando a cabeça:

> ... Parabéns às formandas. Que Deus as abençoe.

Respiração suspensa, a audiência saltou dos assentos e aplaudiu longamente. Apenas a Madre Geral continuava sentada. Olhos fechados, lábios apoiados nas mãos unidas, dois filetes desciam por seu rosto. Valera a pena a viagem! Sua intuição não a enganara. Estava diante da nova líder do projeto do orfanato.

Na manhã seguinte à festividade, a Superiora Geral convocou Irmã Cenira para uma reunião no parlatório.

- Era aqui que ela gostava de falar com suas filhas, não era? - perguntou a Cenira, que acabara de entrar.

- Sim, senhora, um mistério que a mãezinha levou consigo.

Depois de acomodadas, a Madre Geral olhou Cenira com firmeza.

- Filha... Deus enviou-me aqui ontem apenas para ouvir seu coração e certificar-me do que os anjos já me anunciavam - inspirou profundamente. - Como deve estar ciente, o bispo convocou uma reunião para hoje cedo com toda a equipe do projeto. Iremos anunciar uma decisão importante. Queremos que tome a frente de tudo. Ninguém melhor do que você, filha, para assumir a direção da obra.

Ante o olhar extático de Cenira, a Superiora Geral enfatizou:

- Em termos práticos, não haverá muito a fazer, além do que a filha já fazia na tarefa que lhe cabia em relação ao plano de ensino. Você só precisa... estar lá. Só isso. O resto, Deus fará por meio de você.

Trêmula, Cenira balbuciou com humildade.

- Eis aqui a serva do Senhor. Faça-se em mim segundo a Sua vontade.[9]

E cobriu o rosto com as mãos, enquanto o pranto

9. Maria ao anjo da Anunciação (Lucas 1:38)

abundante lavava sua alma agradecida ao céu pela dádiva do recomeço.

Animada, a Superiora levantou-se e abraçou a filha. Depois, pediu licença, pois deveria partir imediatamente. Precisava comparecer à reunião na Diocese ainda naquela manhã. Desceu direto para o automóvel e se foi, ligeira.

Capítulo 17

MÃOS À OBRA

O ANO NOVO chegou, cheio de expectativas, em especial para Irmã Cenira. Passara o que sobrou do mês de dezembro se inteirando do projeto. Foi apresentada solenemente pelo bispo ao restante da equipe, em especial àqueles que, devido às especificidades de suas áreas de atuação, não conheciam a nova supervisora.

De repente, ela ficou ciente das doações, das contas, do dinheiro levantado pelas campanhas, dos gastos. Nunca imaginara se preocupar com o preço de um milheiro de tijolos ou um caminhão de areia. Havia sempre alguém tomando conta disso, mas ela agora precisava estar a par.

Por telefone e por inúmeras cartas e telegramas ela ia sendo colocada a par do ritmo dos preparativos. Efetivamente, na primeira quinzena de janeiro, as obras começaram, se iniciando com a terraplanagem.

Entrementes, as cinco irmãs que a ajudariam na finalização do projeto educacional chegaram ao convento.

Durante o restante do mês de janeiro, elas trabalharam arduamente, pensando, repensando, escrevendo e apagando, lançando no papel as diversas etapas da educação de um alunado tão heterogêneo, com necessidades tão específicas e, de certa forma, tão flutuantes. Era preciso cobrir tudo para que o plano fosse aceito pelas esferas mais altas.

Terminada a elaboração, concluíram a versão oficial que Cenira levaria pessoalmente a São Paulo, em meados de fevereiro. Datilografaram cuidadosamente uma cópia extraída do que fora feito à mão. Seria a referência para toda documentação dali por diante.

Com o fim da jornada de trabalho, as freiras da comissão voltaram para suas cidades, e Cenira preparou-se para a viagem à capital. Entretanto, devido ao surgimento de um imprevisto, precisaria parar no canteiro de obras para resolver uma questão sobre o local que mandara reservar para a horta e o pomar do orfanato. Ao que parece, o terreno se mostrara pedregoso na área pretendida na planta. Em realidade, a natureza do solo inviabilizou seu uso.

– Meu Deus! – exclamou ao telefone. – Como é que ninguém verificou isso? Fizeram a análise do solo no local da obra, mas a área de plantação ficou esquecida? Verei pessoalmente o que fazer.

Na noite anterior à viagem, sentada em seu leito, orou com fervor e pediu proteção para a peregrinação que faria. Pensou na mãezinha e rogou que a ajudasse, pois era uma responsabilidade enorme. Terminou as preces banhada de uma luz suave que descia do

Alto e deitou-se em seguida, mergulhando em sono profundo.

Às 6 horas, o motorista da Sé já se encontrava à espera do lado de fora do convento, sentado no interior do automóvel identificado pelo brasão da Diocese. Chegara no dia anterior e procedera à revisão mecânica e elétrica do carro. Não queria nenhum imprevisto na estrada.

Quando Cenira desceu com a bagagem, ele acomodou tudo no lugar. Então, olharam-se e sorriram.

- Vamo-nos? - perguntou ele.

- Na graça de Deus! - respondeu Cenira, animada.

A primeira parada seria dali a pouco mais de uma hora de estrada, nas obras do orfanato. Meditando no assunto que a aturdira no dia anterior, a irmã sentia-se diferente em relação ao fato. Estava calma.

- Como pode ser isso? - matutou.

- Ora e confia! - foi a resposta íntima que obteve.

Subitamente, uma onda de ternura a envolveu e sentiu a presença de sua mãezinha benfeitora. Enfiou a mão no bolso do hábito e dele retirou o inseparável terço, todo gasto, rezado. No último "amém", já se avistava a cidade que era seu destino.

Viraram à direita pouco antes da entrada e tomaram o rumo do canteiro de obras. A irmã deixou cair o queixo, surpresa. Apesar das poucas semanas desde o início dos trabalhos, as fundações já iam adiantadas.

Quando o carro estacionou, ela foi recebida pelo mestre de obras, que a saudou respeitosamente, dizendo que o engenheiro e o arquiteto estavam sendo esperados a qualquer momento.

Ela retribuiu o cumprimento e, num gesto decidido, arrecadou com as mãos a parte de baixo do hábito, para evitar sujar a barra ainda mais do que o inevitável, e se embrenhou pelo canteiro, seguida pressurosamente pelo trabalhador.

Nesse momento, uma buzina soou ao longe. Ela reconheceu a dupla de responsáveis técnicos que descia do automóvel e se aproximava, sobraçando diversos rolos de papel.

Ao se encontrarem, os cumprimentos foram rápidos. O arquiteto, o mais falante dos dois, foi dizendo, em tom conciliador, que, de fato, tudo já se resolvera. Pediu desculpas porque somente na limpeza do local foram descobrir a camada pedregosa que recobria justamente a parte reservada para o cultivo.

Fora um lapso de atenção o que ocorrera, admitiu, causado principalmente porque numa região fértil de pastagens como aquela, doada pelo fazendeiro, a possibilidade de se encontrar um trecho de solo naquelas condições era quase nula.

Entretanto, acrescentou, todos podiam ficar tranquilos porque...

Neste instante, a irmã teve um sobressalto. Lembrou-se vivamente de um sonho que tivera na noite anterior. Pausadamente, pôs-se ela mesma a explicar:

– ...porque analisando com mais vagar, puderam constatar que a camada de cascalho e rochas é fina o suficiente para ser facilmente removida. E poderemos plantar, nesta área, árvores de maior porte, cujas raízes mais potentes não terão nenhum impedimento em achar caminho por entre alguma imperfeição do solo que não puderem ajeitar.

Calou-se. Os dois projetistas e o mestre de obras olharam-na, incrédulos, e depois entre si, como que se perguntando quem deles adiantara a ela aqueles detalhes.

Ruborizada, a irmã desculpou-se por ter sido afoita e não ter esperado que eles a pusessem a par dos fatos. Eles responderam que haviam chegado àquelas conclusões no fim da tarde do dia anterior, depois de proceder a uma prospecção mais acurada do terreno.

Cenira mudou de assunto e procurou saber mais detalhes do andamento geral da obra. Os homens anuíram, mas ainda com uma pulguinha remexendo atrás da orelha. Lembravam-se muito bem de quantas vezes a falecida Madre os surpreendera da mesma forma.

A manhã passou como um relâmpago. Com o hábito tingido pela terra barrenta, a religiosa principiou as despedidas à hora do almoço. Os operários, porém, já sabendo do que ocorrera mais cedo, perguntaram se ela poderia reunir-se com eles, já que era hora da refeição, e fazer uma prece de ação de graças. Ela sentiu uma estranha sensação de leveza e concordou.

Todos se postaram no refeitório rústico, ainda cheirando a madeira recém-cortada e trabalhada. Os chapéus desceram até as mãos calejadas, deixando entrever rostos suarentos e tostados pelo labor debaixo do sol. Sentindo uma onda de ternura por aqueles operários do Bem Maior, ela deixou-se levar.

Durante alguns minutos, olhos fechados, falou de amor, trabalho e caridade, e de como essas três virtudes amalgamam-se em um só gesto quando o coração ensaia os primeiros passos na prática do bem. Ao final, emendou sem quebra na oração do *Pai Nosso*, seguido de uma *Ave Maria*, que os presentes, alguns com voz embargada, proferiam de olhos úmidos.

Uma plêiade de irmãos espirituais dava-se as mãos e derramava de seus corações uma chuva de luz em forma de pequenos flocos azuis que atingiam a todos. A irmã, como que desperta de um sonho lúcido, desejou a todos uma ótima refeição e recomendou-os à misericórdia divina.

Emocionada, apertou as mãos dos homens e adentrou o veículo, deixando-os na distância.

Ao chegarem à cidade, foram direto para a Diocese, onde passariam o dia e a noite, a convite do bispo, e se preparariam para a partida rumo a São Paulo, na manhã seguinte.

Capítulo 18

Expectativas

Acostumado que estava ao trajeto até a capital, o condutor guiou com segurança e tentou tornar a viagem o mais agradável possível. O calor sufocante do dia era realmente o único problema incontornável. O hábito da irmã foi se empapando de suor, apesar de ela ter aberto mão da anágua e do corpete ao se vestir. Sentia-se pouco à vontade usando o que considerava "tão pouca roupa", mas o desconforto seria maior, sem falar na possibilidade de desidratar-se pela sudorese excessiva.

Conforme previsto, avistaram as luzes da metrópole por volta do final da tarde. A sede da congregação ficava num bairro elegante, próximo do centro. Enquanto para lá se dirigiam, Cenira espantou-se com o movimento nas ruas, apesar da hora avançada. Inúmeros carros, com os faróis acesos bailavam em todas as direções, entre coches e esbarrando nos pedestres mais afoitos que se atiravam de uma calçada a outra em meio ao movimento.

As amplas ruas estavam iluminadas por lâmpadas

elétricas de alta potência, enquanto que as vias menores ainda tinham postes de iluminação a gás. A cidade brilhava na noite, como joia de rara beleza.

Ao chegarem ao destino, o motorista deu um toque na buzina e a Madre Geral apareceu sem demora, sinal de que já eram esperados. Estava radiante, o que causou certo espanto na filha, acostumada a vê-la em sua aparência mais compenetrada. Despediram-se do motorista, que se hospedaria na Sé, marcando para as 7h do dia seguinte o seu retorno.

As duas mulheres entraram no edifício suntuoso. A decoração austera e elegante, e a arquitetura fascinaram Cenira, nascida e criada no interior. Já ouvira falar das belezas do lugar, que já completara quase um século de existência no Brasil. No passado distante, Dom Pedro II, em visita a São Paulo, tinha por costume passar por ali. E a imperatriz Teresa Cristina chegou a trocar correspondência com a Reverenda Madre, à época, aconselhando-se sobre a formação educacional da princesa Isabel.

Logo adentraram a parte reservada do convento. Era a ala dos aposentos dos convidados. Ao atingirem a última das portas, a Madre Geral abriu-a e pediu à filha que se alojasse e se preparasse para o jantar, que seria servido às 19h30.

Cenira fechou a porta e percorreu o quarto com os olhos. Era uma suíte simples, mas com um toque requintado. O banheiro privativo era um luxo que ela jamais tivera. Sentiu uma pontinha de prazer por desfrutar, uma vez que fosse, de uma hospedagem assim.

Após o jantar, durante o qual contou às curiosas irmãs suas aventuras "na selva", a Madre Geral reconduziu-a ao quarto e disse que tomariam café juntas às 6h, para que a filha não se atrasasse para sair. Cenira olhou-a, surpresa. Então, ela não a acompanharia?

A mais velha fitou-a, mostrando os dentes (que raridade!), e falou:

– Disso não haverá a menor necessidade... – e afastou-se com um boa-noite enigmático.

A irmã fechou a porta e ficou se recompondo por um instante. Iria sozinha à cova dos leões!

NA MANHÃ SEGUINTE, pontualmente à hora aprazada, o motorista acomodou Cenira no veículo e partiu para o endereço onde funcionava a representação estadual do Ministério da Justiça e Negócios Interiores.

Se a irmã achara as ruas lotadas na noite anterior, o trânsito agora estava um caos. Ela não acreditava que tantos automóveis, bondes e coches pudessem caber num espaço tão exíguo e não trombassem a todo instante uns com os outros. Buzinas zumbiam no ar límpido da manhã. A cidade brilhava ao sol matinal. Era uma pérola, pensou.

Depois de muitas idas e vindas, chegaram ao destino. Ela desceu do carro e preparou-se para atravessar a rua, o que não pôde fazer antes que se passasse pelo menos um minuto. Um entrave na vida das pessoas aquele trânsito, ponderou...

Segurando a valise de couro na mão direita, Irmã Cenira entrou no edifício, foi até o balcão de informações e perguntou pelos escritórios da Diretoria de Educação. Eram no terceiro andar, respondeu o rapazote negro de uniforme impecável e boné de feltro com as insígnias do governo.

Ela perguntou pelas escadas e ele, gentilmente, indicou-lhe o elevador. Ela firmou-se nas pernas e pensou,

- Meu Deus! Mais uma aventura...

Enquanto se encaminhava para o grupo que aguardava junto à porta gradeada, olhou ao redor. Homens e mulheres trajavam-se elegantemente, todos correndo pressurosos para dar encaminhamento às questões que ali os traziam. Pastas, valises e envelopes pendiam das mãos ou acomodavam-se debaixo dos braços que empunhavam os jornais matinais. A um canto, ela viu as escadas, mas já estava ali, e agora era tarde.

O elevador ainda teve que fazer duas viagens, antes que chegasse sua vez. Ela adentrou, informou ao ascensorista o andar e deliciou-se com a curta estada naquela "gaiola maravilhosa".

Saindo, dobrou à direita e parou diante da sala que procurava. Fechou os olhos por um segundo, sorriu e pensou:

-Às feras!

Pôs a mão na maçaneta e girou-a. A porta alta se abriu lentamente, oferecendo a visão de uma sala bastante ampla, tão vasta que diversas colunas espalhadas ajudavam a garantir a segurança da estrutura, sustentando o teto, que era o piso do andar de cima, o último do edifício. Filas de mesas preenchiam o espaço, todas cheias de papel em pilhas que, por vezes, deixavam entrever somente o topo da cabeça dos funcionários que nelas davam expediente.

Para a alegria da irmã, partidária ferrenha dos direitos femininos num mundo voltado para a ótica dos homens, percebia-se que havia muitas mulheres debruçadas nas atividades da repartição. Na verdade, notara desde que chegara ao saguão, lá embaixo, que a população do belo sexo era considerável por ali.

Valise na mão, ela adentrou o recinto e viu-se circundada pelo ruído agradável de "ocupação", como costumava dizer. O espocar de inúmeras máquinas de escrever se misturava à conversa em tom comedido, mas constante. Pessoas circulavam de lá para cá, sobraçando papéis, até que paravam em alguma mesa ou desapareciam por uma das muitas portas laterais.

Cenira admirou-se da azáfama daqueles que cuidavam da prosperidade do país pela via da educação. Encorajada, percorreu a pequena distância até a mesa mais próxima, que ostentava uma placa de madeira com os dizeres "Protocolo e encaminhamento".

Sorrindo, uma moça com o cabelo curto e liso, segundo a moda daquele final de década, recebeu-a, gentil.

A irmã identificou-se e a atendente confirmou que ela estava sendo esperada pelo superintendente e pela comissão de avaliação de projetos educacionais. Convidando para que a seguisse, a jovem foi abrindo espaço por entre as escrivaninhas até chegar a uma porta dupla nos fundos do salão. Bateu duas vezes e entrou, a irmã logo atrás.

Diferentemente do vasto recinto por onde haviam passado, que transparecia eficiência e agitação, o ambiente ali era acolhedor. A sala era revestida de madeira escura. Havia uma comprida mesa de reuniões, algumas poltronas em círculo, num canto, e duas amplas janelas que ofereciam belíssima visão da metrópole.

Um senhor baixo e calvo, de terno preto com riscas de giz, estendeu-lhe a mão efusiva, mas respeitosamente e deu-lhe as boas-vindas. Apresentou-se como o superintendente estadual da Diretoria de Educação. Apresentou, em seguida, duas senhoras e dois senhores que eram colaboradores de áreas diferentes, e que perfaziam o comitê de avaliação. Juntos, fariam a análise inicial da solicitação do projeto pedagógico.

A esta altura, a recepcionista já tinha sumido, fechando a porta atrás de si. O silêncio reinou. Sentaram-se todos na ponta da grande mesa. Misturado a um aroma agradável de colônia masculina, a irmã pôde sentir um cheiro discreto de tabaco. Deviam se entregar a fumar charutos por ali, vez por outra. Ela respirou fundo, abriu a valise e começou a exposição.

A reunião transcorreu com notável calma e eficiência. Cenira apresentou toda a documentação exigida e expôs o complexo plano de ensino que arquitetara com suas cinco companheiras. Lembrou as especificidades da instituição e do alunado, o que justificava as ramificações e desdobramentos no projeto. Os presentes ouviram com atenção a explanação, interrompendo apenas para algum eventual questionamento.

Ao final de quase uma hora e meia, passaram às dúvidas. Ela foi sabatinada com toda a minúcia. Intimamente, ela se sentiu revigorada com o desafio e admirou seus "oponentes". Todos eles sabiam exatamente o que procurar, e onde.

Ao final de quatro horas de reunião, interrompidas apenas para café e refrescos, o senhor calvo deu por encerrado o encontro e, com a anuência respeitosa de todos, elogiou bastante o plano de ensino, chamando-o de lúcido, pragmático e acorde com as últimas reformas promovidas pelo governo na área da educação.

- Não poderia esperar nada melhor de uma congregação com tal experiência pedagógica no país...

A irmã corou e respondeu apenas que o amor era a força que impulsionava aquele projeto. E que tudo que o amor e a razão fazem juntos, não é destinado a falhar.

Uma das senhoras asseverou que fariam agora a tramitação final e que a informariam em um ou dois meses sobre o resultado. Mas que não haveria problemas. Eram só ajustes. Qualquer dúvida ou sugestão de aprimoramento seriam enviadas por correspondência oficial ou discutidas por telefone, a depender da urgência e do grau de importância.

Despediram-se com genuína alegria. Descendo pela gaiola maravilhosa, Cenira sentia-se leve e feliz. Já na calçada, agradeceu a Deus a vitória. A seu lado, a mãezinha sorria. Ela a acompanhara o tempo todo, mas quase não interviu. Abraçou-a. Cenira teve um sobressalto e sentiu sua presença. Seus olhos deixaram cair duas lágrimas discretas.

– Obrigada, minha mãe!

Após um dia de acertos na congregação, Cenira preparou-se para voltar para casa. Mala pronta, fez suas orações e deitou-se. Sonhou com a mãezinha. Conversaram, riram, choraram, mas ela não guardou na memória o conteúdo do encontro. Apenas de uma coisa se lembrou pela manhã: a veneranda dissera que a criança que deveria voltar para seus braços já se preparava para descer ao corpo físico. E que o espírito estava também muito ansioso pelo recomeço.

No dia seguinte, enquanto o automóvel da diocese levantava a poeira da estrada, Cenira meditava sobre o sonho. Não entendia bem o que era isso e como se daria esse... renascimento ou reencarnação, pois era isso o que era. A Igreja condenava. Mas, na prática, os fatos pareciam demonstrar o contrário. Viveria o amor. As respostas ficariam para depois.

NOS MESES QUE se seguiram, o trabalho evoluiu de forma ordenada, dando ensejo a que se avistasse o final da construção para bem mais cedo do que se previra. Conclamados pelas campanhas efetuadas, a sociedade e o poder público acabaram se aliando, de forma que, a cada mês que passava, mais material chegava e mais operários eram colocados à disposição.

Por volta do fim do ano, na celebração do Natal, a equipe técnica anunciou que mais três meses, no máximo, e poderiam começar a mobiliar o complexo. Mais tarde, colocariam a maquinaria para que tudo começasse a funcionar em breve.

No início da primavera, Cenira havia ido pessoalmente supervisionar o plantio do pomar, para que as chuvas próximas regassem as mudas e fizessem-nas crescer e fortalecer-se no tempo mais breve.

A grande caixa d'água do orfanato já estava funcionando, o que permitiu que deixassem uma pessoa encarregada de molhar a plantação a cada dois dias. Foram 120 mudas de árvores frutíferas dos mais variados tipos. Havia mangueiras de diversas qualidades, abacateiros, laranjeiras, limoeiros, cajueiros, goiabeiras, figueiras e jabuticabeiras.

Numa área reservada seriam plantadas, mais tarde, bananeiras e mamoeiros, de desenvolvimento mais rápido, para que dessem frutos quando a obra estivesse pronta e as crianças prestes a chegar.

O projeto pedagógico fora aprovado sem grandes modificações. Alguns pequenos ajustes e receberam sinal verde para que, quando quisessem, e as condições se mostrassem adequadas, pudessem iniciar as aulas.

Dois membros da comissão de avaliação da Diretoria de Educação foram visitar as instalações mais próximo do término da obra. Fascinados pelo empreendimento, voltaram a São Paulo tecendo os maiores elogios.

Passados os meses críticos da construção, e quase terminadas as obras, começaram as intermináveis compras de material de consumo e mobiliário. Eram camas, berços, mesas de todos os tipos e formatos, uma infinidade de cadeiras, guarda-roupas, arcas e armários, sem falar nos utensílios de cozinha, incluindo panelas de todos os tamanhos (um fundidor que trabalhava maravilhosamente o alumínio foi encarregado de fazê-las sob encomenda), pratos, xícaras, copos, talheres...

Era o momento, também, de se preparar o enxoval do orfanato. Pilhas de cobertores, lençóis, fronhas e toalhas de banho e rosto foram sendo amontoadas em um salão da Diocese, fruto de doações e campanhas promovidas pelas Filhas de Maria. Para a criançada, fraldas, roupinhas de bebê e cortes de flanela também estavam sendo estocadas.

A Santa Casa de Misericórdia de São Paulo doou todo o equipamento e material médico para a enfermaria, que seriam entregues apenas quando tudo estivesse pronto para o funcionamento do orfanato. Fariam também, por meio de uma pequena equipe visitante, o treinamento básico de primeiros socorros e atendimento preliminar de saúde com o pessoal que lá fosse trabalhar.

Tão logo a pintura final das paredes abençoadas ficou pronta, todas estas doações foram sendo transportadas para o orfanato e organizadas provisoriamente.

Enquanto os operários iam derrubando o grande barracão que servira de quartel-general para as obras, liberando aquela parte do terreno para que fosse ali montado o parquinho das crianças, o jardim que rodeava a capela e o que ficava no meio da pracinha central dos três prédios ia sendo cultivado. Por dentro e por fora, o abrigo dos pequeninos se consolidava.

Capítulo 19

Reencontro de almas

FINALMENTE, MARCOU-SE A data da inauguração. Haveria grande missa solene, presidida por Sua Excelência Reverendíssima, numa manhã de domingo em maio, especificamente aquela subsequente ao dia 13, data consagrada à Virgem de Fátima. Portanto, estavam a exatamente 30 dias da festa.

Só então, chegariam as primeiras crianças. Segundo já fora anunciado, 12 delas já aguardavam em um abrigo temporário, improvisado numa casa alugada pela Diocese. De cidades vizinhas, já estavam previstas mais 6, incluindo duas de colo. Não havia tempo a perder. Era preciso agir rápido.

Quando essa notícia chegou, trouxe à mente de Cenira um assunto que a andava preocupando. Estavam à procura de alguém para coordenar o orfanato. Havia muitas pessoas qualificadas e que poderiam exercer a função, mas a mesma trazia consigo um agravante: por ser um trabalho técnico e administrativo, seria preciso morar na instituição.

Suas reflexões só tiveram um caminho. Estava decidida. Iria conversar reservadamente com a nova Madre do convento, mulher admirável que viera de outro núcleo da congregação, e com a Superiora Geral. Se desse certo, na próxima reunião da equipe de trabalho, que ocorreria em alguns dias, Irmã Cenira anunciaria seu desejo de mudar-se para o orfanato e ser a coordenadora.

Duas irmãs já estavam escaladas para serem transferidas para lá, mas ela pediria dispensa para uma delas, caso quisesse. Lá seria sua tarefa redentora, sua epifania, sua salvação de si mesma. Seria mãe de todos aqueles infortunados, até o dia em que o Pai a chamasse de volta.

NO INÍCIO DA semana que culminaria com a missa festiva, Cenira se deslocou para a cidade vizinha e se hospedou, como sempre, na Sé. O objetivo era ultimar os preparativos. O bispo andava no melhor dos humores. Após quase trinta anos pastoreando a Diocese no amor e na caridade, sentia-se vivo e atuante interiormente, apesar de o físico já se encontrar alquebrado pelo excesso de trabalho.

Ao receber a religiosa, sentaram-se no pátio lateral da catedral para um refresco, antes do almoço. Depois de algumas amenidades, ela revelou-lhe sua intenção de se mudar para o orfanato.

O velho batalhador da fé sorriu e ela viu seus olhos brilharem, até que uma lágrima se soltou e rolou pela face encarquilhada. Ele baixou a cabeça e confessou que, em suas preces, sempre pedira ao Pai que enviasse a pessoa certa para que a instituição se mantivesse no caminho que todos almejavam.

No fundo, uma voz lhe dissera que não se perturbasse, pois, o Alto já escolhera. Ele admitiu que tivera esperança que fosse Cenira, mas que jamais poderia pedir-lhe tal sacrifício. Agora, e olhou firme para a filha, estava pronto para partir.

A irmã engoliu em seco. Lembrou-se da mãezinha e de como ela soubera o momento de sua volta aos braços de Deus. Olhando o homem venerando, teve certeza de que ele também sabia. De fato, não tardaria muito. Dois meses depois da inauguração, ele se foi durante a noite, tranquilo e sereno como sempre. Numa cômoda, deixara já preparada a indumentária do sepultamento, inclusive com os sapatos, a mitra e o báculo, que mandara polir recentemente.

Mas ali, na manhã ensolarada, debaixo daquele céu azul sem nuvens, sentados à sombra do portentoso templo, Irmã Cenira ainda não sabia de nada disso.

A Madre Geral chegou à cidade no fim do dia e se inteirou da resolução das duas filhas de permanecerem com a irmã Cenira. Deu sua bênção às três e disse que Deus as recompensaria infinitamente pela abnegação e desprendimento que demonstravam para com os pequeninos.

Naquela noite, Cenira deitou-se e dormiu com o pensamento voltado para o dia seguinte. Sonhou com o local da obra. Uma infinidade de luzes brilhava ao redor do terreno. Como que uma arquibancada se estendia até o céu e ela entendeu que seriam ocupadas pelos emissários do Senhor que viriam prestigiar o momento de prece e louvor.

Pressurosos, seres (eram pessoas, mas diferentes) em roupas claras, de feitio curioso, andavam de lá para cá, colocando flores em grandes vasos brancos trabalhados. Ela aproximou-se e não reconheceu nenhuma delas, mas suas cores eram sublimes e, a vários passos de distância, já podia sentir o perfume inebriante.

Em frente à capela, onde estava o palanque montado para o altar, tudo estava revestido de branco e azul, como se uma película delicada tivesse sido acrescentada por sobre a madeira.

Uma música suave enchia o ar, vinda não se sabia de onde. Alguns dos sons eram de instrumentos que ela jamais ouvira, mas sentia como se pudesse apalpar cada melodia, cada acorde com o espírito.

Na lateral oposta à arquibancada, uma tela branca, como as de cinema, mas muito maior, parecia indicar que teriam ali uma projeção qualquer. Talvez, pensou ela, até tivessem um meio de mostrar a cerimônia ao mesmo tempo em que ela acontecia.

Subitamente, um pequeno grupo dos trabalhadores se destacou de um ponto afastado e veio ter com ela. À frente deles, teve a impressão de reconhecer alguém de hábito. Seu coração acelerou e divisou a mãezinha, que se achegou de braços estendidos.

Cenira sentiu as pernas tremerem e o pranto saiu espontâneo ao se abraçarem. Notou que estava sem o véu, porque a Madre lhe acariciava os cabelos. Os outros mensageiros fizeram um círculo ao redor das duas e baixaram as cabeças como se orassem.

A veneranda, irradiando uma luz interior que lhe tocava as fibras mais íntimas, disse:

- Minha querida! Haverá momentos difíceis, angustiantes, de profunda incerteza, mas as alegrias serão indizíveis. E quando retornar ao Pai, será coroada pela vitória alcançada sobre si mesma.

Cenira ergueu a cabeça. Queria perguntar sobre o filho, mas sentiu como se voasse a grande velocidade por um túnel de luz, abrindo os olhos na cama segundos antes de o despertador tilintar. Que sonho, pensou. Não, não fora um sonho, fora um sublime encontro com o infinito.

Pelas 7h, tomaram o automóvel da Sé. Ao desembarcarem no orfanato, todos ficaram extasiados com a beleza do local. A decoração estava primorosa, com flâmulas e faixas, com dizeres variados, balançando ao vento. Flores de papel haviam sido cuidadosamente coladas nos palanques e postes de luz.

Num estrado mais baixo, de madeira corrida, um grande harmônio já estava sendo aquecido pelos dedos (e pés!) ágeis de um jovem vestido numa beca púrpura. A pontinha branca do *clergiman*[10] aparecia pela gola folgada, mostrando que era um dos muitos seminaristas diocesanos. Tocava uma peça virtuosística de grande beleza. No amplo pátio com calçamento de pedra, pelo menos duzentas cadeiras haviam sido

10. Clérgima ou clergiman. Gola branca adotada nos paramentos clericais. **Nota do Revisor.**

dispostas para receber os participantes da cerimônia. Autoridades civis e eclesiásticas e o povo em geral lotavam o local.

Às 9 horas, a missa teve início, durante a qual o bispo abençoou as instalações, indo de prédio em prédio, culminando com o cruzeiro, sob o qual repousava a pedra fundamental. Durante a homilia, Sua Excelência Reverendíssima anunciou que a Irmã Cenira seria a coordenadora do orfanato. Uma salva de palmas brotou espontânea. Era a certeza da continuidade do bem.

Terminada a cerimônia, todos passaram a visitar detidamente as redondezas. Enfim, quando a área já estava quase vazia, e os operários desmontavam os tablados e a decoração, a Irmã Cenira se reuniu com a comissão no refeitório e confirmaram que exatamente em uma semana transfeririam para lá as primeiras crianças.

Era curioso. Depois de tanto trabalho, parecia que faltava alguma coisa em suas vidas. Não que não tivessem mais o que fazer por ali, mas sentiriam muita falta daquela etapa. O engenheiro e o arquiteto eram os que mais choravam a toda hora. Não mais ficariam atrapalhados com as montanhas de papel, nem com as exigências novas que a Irmã Cenira costumava derramar sobre eles, vindas de seus "sonhos". Em toda a equipe, porém, uma certeza: o selo do bem havia sido colocado neles para sempre.

No fim do dia, Cenira já retornava para o convento, a fim de começar os preparativos da mudança. Seria uma comoção, com certeza, mas era preciso que o trabalho do Senhor viesse em primeiro lugar.

Ficou acertado que ela partiria logo para poder supervisionar os preparativos finais. As primeiras crianças estavam agendadas para chegar na segunda-feira seguinte. Seu coração mal cabia dentro do peito.

Entretanto, a visão do convento, seu lar por tantos anos, e de suas irmãs, a quem aprendera a amar profundamente, deixavam-na com sentimentos divididos. Não que pensasse em desistir, mas apenas queria que doesse menos deixar tudo para trás.

No dia combinado para a partida, o convento acordou cedinho e fizeram um café da manhã especial, com mensagens, flores, presentes. A emoção foi além da conta. Lágrimas não paravam de cair. A Santinha dos Quitutes preparou um bolo de fubá cremoso.

- É para o caso de dar fome na viagem - falou firme, sem ligar que seria pouco mais de uma hora de carro até o orfanato.

Por fim, chegou a hora de partir. Ao chegar ao jardim, seguida pelas irmãs que, quase em procissão, carregavam as malas e caixas, Cenira estacou e sentiu as pernas bambearem.

Na rua, rodeando o automóvel da Sé, uma pequena multidão de alunas uniformizadas aguardava em silêncio total, para não estragar a surpresa. Ao aparecimento da irmã, elas explodiram em vivas e palmas, agitando no ar flores e lenços.

Cenira não resistiu. Deixou cair a mala e a valise que carregava, cobriu o rosto com as mãos e debulhou-se em pranto. As companheiras rodearam-na e conduziram-na para a calçada. As alunas comprimiram-se para abraçá-

-la, entregar-lhe flores, palavras de gratidão e votos de sucesso na vida de doação. Ela acolhia a todas, sorrindo entre lágrimas.

Por fim, a homenageada entrou no carro, sobraçando enorme buquê improvisado com rosas, suas favoritas, e flores dos mais variados tipos que ia coletando das mãos agitadas das moçoilas. Depositou-as no banco traseiro, a seu lado, e ficou acenando pela janela, enquanto o condutor guiava lentamente rua abaixo. Olhando para trás, ela entendeu que sua vida recomeçava.

Quando finalmente chegaram ao orfanato, a alegria da nova vida suplantou qualquer reminiscência de saudade, apesar de a sensação de novidade deixar Cenira um pouco apreensiva. As duas irmãs que morariam com ela foram recebê-la no portão, junto com o zelador e a babá.

As malas foram para o alojamento, as caixas com livros para o escritório. Seriam o embrião da futura biblioteca. Logo teriam que fazer mais uma campanha, desta vez para angariar livros, pensou.

Ela suspirou e contemplou a paisagem ao redor. Fios elétricos corriam rente à estrada por um trecho, para depois seguir viagem cruzando por sobre a campina. Lembrou-se do telefone, que fora sendo deixado para depois e acabara por ficar atrasado em relação ao resto.

No futuro (distante, ela admitiu) precisariam ter seu próprio automóvel. E alguém teria que aprender a dirigi-lo. Se fosse preciso, talvez ela mesma. Sacudiu a cabeça. Não, colocaria as duas irmãs mais jovens para aprender. Ela em breve estaria velha demais para essas aventuras. Virou-se e foi para o escritório anotar tudo na caderneta.

O domingo, "dia do Senhor", foi dia de trabalho. As crianças chegariam no dia seguinte, e não queriam nada fora do lugar para recebê-las. Hábitos amarrados nas canelas, as irmãs se entregaram destemidas à faina. No fim da tarde, após se limparem e praticamente devorarem as sobras do almoço, Irmã Cenira convidou as companheiras, a babá e o zelador para que se reunissem na capela para um momento de devoção espiritual. Afinal, era domingo e não haviam podido assistir à missa.

Inspirada pelo Alto, Cenira fez uma leitura do Evangelho e uma pequena preleção. Em seguida, ajoelharam-se, retiraram os terços dos bolsos e suplicaram a Maria de Nazaré que abençoasse aquela casa de amor.

Quando saíram do templo, e enquanto o zelador apagava as luzes e trancava tudo, perceberam que o vento virara. Uma brisa fria indicava que a noite seria recebida pelos cobertores.

Cenira sentiu um arrepio, mas não de frio. Era uma sensação estranha, um algo qualquer, um pressentimento. Elevou o pensamento a Jesus e sacudiu fora aquelas sensações. Despediram-se com votos de feliz repouso.

Recolhida em seu novo quarto, Cenira enrolou-se num cobertor, fez suas preces e entregou-se ao sono. Sonhou com a mãezinha. Esta abraçou-a com lágrimas nos olhos, acariciou suas faces e conversou com ela. Porém, a irmã reteve apenas as últimas palavras:

– Chegou a hora, minha filha.

De repente, naquele lugar paradisíaco em que estavam se falando, Cenira ouviu como que um ruidoso sino que batia ritmado em tom grave e urgente. E alguém chamou seu nome. Ela ainda viu o sorriso da Madre uma última vez e sentiu-se despencar, acordando de súbito em seu leito.

As duas irmãs batiam em sua porta com insistência e chamavam por ela. Assustada, Cenira olhou o despertador. Pouco passava da meia-noite.

Levantou-se e abriu a porta. Do lado de fora, as jovens estavam ofegantes. Relataram que o zelador viera avisar que havia um cavaleiro no portão e que pedira para vê-la imediatamente.

A irmã empalideceu e pediu o socorro do Alto. Vestiu-se rapidamente e atirou o cobertor nos ombros, à guisa de xale. Ao chegarem ao pátio, a babá juntou-se a elas. Foram tomadas de assombro. O ar era gelado e quase não se via nada. Uma densa neblina coava as luzes amarelas dos postes e deixava entrever somente a silhueta dos prédios.

Encaminharam-se para o portão. Do lado de fora, o vulto mais afastado de um cavalo e a figura de um homem alto, ostentando um largo chapéu e coberto por uma pesada capa. Nos braços, segurava um volume, embrulhado num cobertor.

Do lado de dentro, Cenira avançou e apresentou-se, bastante apreensiva. Não conseguia tirar os olhos do fardo que o visitante sobraçava.

O homem cumprimentou-a, rapidamente, e disse que era capataz na fazenda vizinha e voltava da cidade, onde passara o dia a serviço do patrão. Apenas um quilômetro estrada adentro, foi atraído pelo balir de uma ovelha. Espantou-se, porque não havia nenhuma delas por ali.

Ao se aproximar, viu que era o choro de uma criança recém-nascida. Estava abandonada na beira da estrada, enrolada num pedaço de pano velho. Na hora, ele catou seu cobertor e envolveu o bebê. Foi quando ouviu uma voz feminina às suas costas, que o chamou pelo nome.

Virou-se, morto de susto e viu tratar-se de uma freira já idosa. Tirou imediatamente o chapéu. O mais estranho era que, apesar da noite fechada e da neblina que começara a cair, ele pôde vê-la perfeitamente, como se ao redor dela estivesse dia claro.

Ela recomendou que se apressasse e levasse imediatamente a criancinha ao novo orfanato e que procurasse pela Irmã Cenira. "Ela já aguarda a pequenina", finalizou.

Enquanto ele rodeou a montaria, a aparição sumiu no nada. Ele fez o sinal da cruz e quis cismar sobre o assunto, mas percebeu que o cobertor estava úmido pelo sereno e pela neblina. Montou no cavalo e saiu o mais rápido que permitiu aquele clima infeliz.

Findo o relato singular, houve um instante de hesitação, após o que todos pularam ao mesmo tempo rumo ao portão, tentando abri-lo.

O zelador conseguiu vencer a confusão de braços e soltou o pesado trinco de ferro. Cenira ordenou que fossem acender o fogão urgentemente e que colocassem água para ferver. Acercou-se do viajante e recolheu, aflita, o fardo de suas mãos, agradecendo-o, em poucas palavras, pelo favor que prestara ao Senhor.

Ele, comovido, subiu no cavalo e disse que viria

quando pudesse para ver o que tinha resultado daquilo tudo. Depois, sumiu na neblina.

Cenira cruzou o pátio em disparada. Notou que a criança não chorava nem se mexia. Desesperou-se. E se fosse tarde? E se já estivesse morta? Mas, uma luzinha permanecia acesa em seu coração. Não, ainda não. Mas era preciso agir rápido.

Ao entrar na cozinha, em desabalada, a babá e as irmãs a receberam aturdidas. Disseram que tinham certeza de haverem apagado o fogo depois do jantar, mas ele reacendera misteriosamente. E o caldeirão de água que haviam deixado cheio para o dia seguinte já estava quase fervendo.

Irmã Cenira fitou-as, incrédula. Pegou uma tina e orientou que misturassem a água quente com fria até fazerem um banho de imersão suportável ao bebê.

Foi para a mesa larga de tábuas corridas e começou a desembrulhar o tesouro, que revelou-se uma menina clara, de cabelos dourados. O umbigo nem cicatrizara. Devia ter no máximo alguns dias de vida. Estava muito pálida e com a pele gelada. Ao contato das mãos da irmã, ela grunhiu debilmente.

O banho estava pronto. Sem tardança, ela tomou da pequena e foi colocando-a aos poucos na água, enquanto, com as palmas, ia esfregando delicadamente o líquido tépido no corpinho fustigado pelo frio. A menina pareceu reanimar-se, mas ainda estava extremamente fraca.

Cenira virou-se para pedir que esquentassem o leite, quando a babá já lhe estendeu uma mamadeira de vidro com o precioso alimento. Ela colocou o bico da garrafa gentilmente nos lábios da criaturinha, que não esboçou qualquer reação.

A religiosa desesperou-se interiormente. Porém, fechou os olhos e suplicou à Virgem que não permitisse que perdessem aquela vida para a crueldade dos homens. Duas grossas lágrimas pingaram na água da tina.

De repente, a menina teve um sobressalto e agarrou com os lábios o bico de borracha e sorveu devagar, mas com decisão. Depois de mamar um pouco, decidiram por dosar o alimento, a fim de que ela pudesse respirar. Aos poucos, tomou quase tudo. A menina já se mexia, imersa na água quente, mas não abrira ainda os olhinhos.

Foi só então que, olhando melhor, Cenira notou que uma das perninhas da pequena, a direita, era retorcida. O pezinho apontava para dentro. Os movimentos não pareciam estar comprometidos, mas a deformidade deveria ter horrorizado os pais desalmados, que resolveram renegá-la, deixando-a à beira da estrada. Ou talvez ela fosse o fruto de uma relação ilícita, condenada a pagar pelo pecado dos pais.

Depois de seca e vestida com roupinhas quentes, Cenira aconchegou-a ao peito, até que ela dormisse. Trouxeram um bercinho do outro pavilhão. Não poderiam cruzar com ela no frio. Preocupados, ninguém quis voltar para a cama. Sentados por ali mesmo, os cinco puseram-se a velar, no calor acolhedor da cozinha.

Algum tempo depois, todos cochilavam, menos Cenira, que refletia sobre tudo aquilo. A pequenina resmungou qualquer coisa no berço. Aproximando-se, a irmã apalpou delicadamente sua testa e o tórax.

– Não está febril, graças a Deus! Ela ficará bem.

Voltou para a cadeira e sentou-se, depois de ter espiado a madrugada pela fresta da janela basculante. A névoa se adensara e transformara-se em gotículas de uma fina garoa.

Fechou os olhos por um segundo e teve a nítida impressão de que lhe fugira uma parte da sucessão de eventos. Lembrava-se de que a mãezinha (era ela, sim!) a indicara pelo nome, que o homem certamente não conhecia. E o fato de ele enxergá-la perfeitamente, apesar da noite fechada, era prova mais que suficiente de que se tratava de um fenômeno espiritual, permitido por Jesus para salvar sua ovelhinha.

Mas, a benfeitora dissera algo mais. O que teria sido? De repente, deu um salto da cadeira. Foi como se tivesse ouvido as palavras ditas pela senhora:

– Ela já aguarda a pequenina.

Seus olhos transbordaram. Levou as mãos trêmulas à boca aberta e chorou por entre soluços. Aproximou-se cambaleante e, à luz do fogão, arredou um pouco os paninhos que a envolviam e contemplou o rostinho suave.

Como não se apercebera antes? Tudo fazia sentido agora. As pernas fraquejaram. Pôs-se de joelhos ao lado do berço e acariciou de leve as faces coradas. Quando cometera seu ato impensado, nunca imaginara que seu bebê pudesse ter sido uma menina. Talvez nem tivesse sido, àquela época, mas Deus o permitira agora.

Ergueu-se, fez o sinal da cruz e puxou sua cadeira

para mais perto, a fim de poder ficar contemplando a filha que a vida lhe devolvera. Assim ficou até adormecer. Seu último pensamento foi sobre o segredo que ela e a Mãe das Mães agora compartilhavam.

Não sabia quanto tempo havia se passado, quando uma das irmãs a tocou de leve no ombro para que acordasse.

Seu primeiro instinto foi o de olhar a filhinha. Não a viu no berço e alarmou-se. Olhou aflita ao redor, apenas para encontrar a babá dando-lhe a mamadeira, que a gulosa sorvia com prazer. Levou alguns segundos para se recompor do susto. Mais calma, foi até lá e teve uma grata surpresa ao ver a pequena de olhos abertos. Eram azuis, de um tom profundo, mais escuro.

Ao achegar-se, a filhinha parou de mamar, virou a cabecinha, esboçou um arremedo de sorriso e mexeu com os bracinhos. As três permaneceram estáticas, até que a babá disse:

- Acho que ela quer a senhora.

Cenira teve uma palpitação. Meio sem jeito, pegou a criança no colo e recolocou a mamadeira em seus lábios, o que ela aceitou de bom grado.

Pelas 8h, o sol estava fazendo seu trabalho e o tempo firmou de vez. Apesar da brisa ainda fria, o calor do astro-rei já despertava o mundo para a luz. Cobriram, então, o berço com um cobertor e o transportaram através do pátio para o pavilhão onde ficavam os dormitórios e o berçário.

Colocaram a primeira moradora no início da fila de pequenos leitos. Ela não ficaria só por muito tempo. Dali a pouco, ali estariam duas crianças de colo que lhe fariam companhia.

De fato, não muito depois, ouviram, ao longe, os toques ritmados de uma buzina. Correram para o pátio e viram um caminhão pequeno se aproximando, seguido de um automóvel.

Do caminhão desceu o motorista, de gorro na mão, alardeando que tinha um carregamento muito especial para entregar ali. Levantou a lona que cobria a carroceria e apontou para o interior com solenidade brincalhona.

Todos se deslumbraram. Ao redor de alguns fardos de roupas empilhados no centro, oito crianças com idade variando entre 5 e 10 anos, sentavam-se silenciosas, apertadas num estrado de madeira. Cenira se aproximou. Com um largo sorriso e a voz meio embargada, perguntou alegremente:

- Alguém aqui gosta de bolo?

Ela arrancou deles alguns sorrisos tímidos. Ela completou:

- Então é melhor correr, antes que esfrie... - e estendeu a mão, apontando para a porta da cozinha.

Foi o que bastou. Os pequenos foram pulando um a um de cima do caminhão, ainda cautelosos. As jovens irmãs conduziram-nos pela mão até o refeitório. Iam silenciosos, mas de olhos vivamente abertos.

Nesse ínterim, do automóvel desceram duas senhoras da paróquia, que trabalhavam no abrigo provisório, cada uma com um bebê nos braços. O garotinho deveria ter pouco mais de um ano, a menina, alguns meses a menos.

Os dois motoristas e o zelador começaram a descarregar a parca bagagem, mas a mestra convidou a todos para o café de acolhida, com o que ninguém discordou, naturalmente.

Nada como guloseimas... As crianças já conversavam, entre si e com as irmãs, dando até risadas ocasionais. Todos foram se sentando, menos Cenira, que, de pé, perto da porta, contemplava aquela tela singular, digna de um grande artista.

Olhos marejados, só então notou uma das meninas paradas à sua frente, com um vestidinho de chita que não tinha por onde ser mais puído. A pequena estendeu-lhe a mão num claro convite.

A irmã estremeceu. Com carinho infinito, tomou a menina no colo e encaminhou-se para a mesa. Sentando-se, serviu à pequena um pedaço de bolo com uma colher. Suspirou feliz e apanhou um guardanapo. Ela se lambuzara toda com a cobertura.

No pátio, pouco além da porta do refeitório, um grupo de trabalhadores desencarnados se entregava a sentida prece. A mãezinha, em palavras sublimes, agradecia a Deus a oportunidade de redenção da filha e os recursos de que agora dispunham para amparar os pequeninos. Uma chuva de pétalas, de fragrância sutil, desceu sobre todo o orfanato.

O grupo se desfez. Despedindo-se com abraços calorosos, cada um tomou o rumo de sua própria tarefa por ali. Sozinha, a mãezinha ainda suplicou a Jesus sua proteção para a bebezinha, a filhinha tão esperada que retornava aos braços da mãe arrependida.

Finalizou a prece e já ia partir quando se deu conta. Quase se esquecera. Entrou de volta no refeitório para soprar no ouvido de Cenira o nome da recém-nascida: "Rosália".

Parte III

Numa cidade do interior paulista,
final da década de 1970.

Capítulo 20

O FIEL DA BALANÇA

AS ESTAÇÕES DO ano têm maneiras bastante singulares de tingir o mundo. Das cores luminosas e vivas da primavera ao brilho abrasador do verão, da claridade esmaecida do outono ao vigor pálido e solitário do inverno.

Sentada no banco, de frente para o parquinho, Roseli olhava as cores amareladas, pastéis, que pareciam dominar toda a Natureza. Os gritos alegres das crianças chegavam-lhe aos ouvidos como que vindos de algum lugar distante. Envolvidos em seus afazeres infantis, os pequenos se jogavam nos brinquedos em animação crescente, sem se importarem com a tonalidade do ambiente. Isso era coisa de adulto, de quem já experimentara a alegria e o sofrimento, e sabia associar sentimentos com tonalidades.

O sol de outono, que caía brilhante, mas fresco, era ajudado por uma brisa que passava, vez por outra, levantando a poeira da praça em pequenas nuvens.

Roseli sentiu falta da chuva, que andava sumida, mas

pensou que estar ali era melhor do que passar a manhã em casa, presa pelo aguaceiro, com os filhos entediados. Não suportava vê-los amuados, pois isso provocava nela uma vaga insatisfação.

Levantando o olhar, fitou os dois filhos que corriam ritmados, perseguindo-se, ora um, ora outro. Não cansava de vê-los. Muitas vezes, adentrava silenciosa o quarto e contemplava os rostinhos serenos, ainda não transformados em máscaras pela sociedade que esperava, sedenta, por absorver e mutilar mais aquelas duas vítimas com seus convencionalismos.

De repente, eles pararam frente a frente e, rindo alto, argumentavam sobre algo que ela não conseguiu distinguir pelos sons entrecortados que lhe chegavam por cima do vozerio infantil. Notou como tinham crescido. Com as idades de 9 e 7 anos, já eram quase rapazinhos. A diferença de altura fazia como que uma escadinha. Surpresa com a ideia, pôs-se a questionar se era possível uma escada de apenas dois degraus. Não, eram precisos pelo menos três...

O pensamento fechou-se num aperto que já conhecia muito bem. Não haveria nunca três degraus. O primeiro fora abandonado ainda em construção havia exatos treze anos, seis meses e dois dias. Hoje, ela sabia o tempo exato, mas só começara realmente a fazer as contas quando passou a se importar, depois que a segunda gravidez a sensibilizou.

Teria sido menino ou menina? Não quisera saber. Nunca teria perguntado tal coisa num momento como aquele. Agora se perdia em adivinhações, quase como numa loteria da culpa.

Depois da fase que denominara limbo, começara a aferir na balança da vida o peso da decisão tomada por ela e o marido. Jorge, promovido a gerente de investimentos de uma multinacional que só então entrara no país, recebeu a oferta de mudar-se por dois anos para o Canadá e passar por um estágio de formação na matriz da companhia.

Na época, estando recém-casados, e de viagem marcada, a gravidez surpreendeu-os em meio aos preparativos. A mudança seria feita justamente em seus meses críticos. Examinados todos os pontos, o prato da balança pendeu para a interrupção da gestação.

No período inicial passado no estrangeiro, nada perturbou a vida dos dois. Porém, ao fim de dezoito meses, a situação política no Brasil se tornou bastante tensa, com os militares tomando o poder. Ante a instabilidade econômica e a incerteza que assolaram o Brasil, a empresa decidiu colocar suas atividades no país em compasso de espera. Os acordos nunca avançaram e os negócios foram encerrados pouco tempo depois.

O jovem casal foi mandado de volta para casa. Tempos de crise. A despeito de sua qualificação no exterior, Jorge acabou por conseguir apenas uma posição modesta em uma agência bancária, meses após o retorno. "Uma sorte", disseram os amigos.

Ao longo dos anos, é verdade que ele conseguiu chegar à chefia metropolitana, cargo que ocupava agora, mas nada se comparava ao que teriam conseguido caso o fio do destino não se tivesse rompido.

Com o novo emprego, voltaram a pensar na acolhida de filhos no lar. Foi quando o suplício começou para Roseli. Jorge até parecia lidar com a perda do primeiro filho como um fator que fora decidido logicamente na trajetória de vida de ambos. Para ela, a marca ficaria para sempre. Não como uma chaga aberta, mas como um espinho, nada mais que uma farpa barata que lhe entrara na carne e não parecia disposta a ceder a nenhum esforço consciente de removê-la.

Já pensara tanto no assunto que sentia como se o acúleo fosse como que o fiel da balança que um dia pendera na direção do desastre. Apesar de a aparente tranquilidade conquistada pelo casal se dever à chegada dos outros dois filhinhos tão amados, o equilíbrio perfeito não foi jamais atingido.

Roseli foi interrompida em suas divagações pelas crianças que, ofegantes e ruidosas, pediam qualquer coisa para comer. Ela abaixou-se e meteu a mão na sacola de palha, tirando dois sanduíches e uma garrafa de leite. Dois copos se encheram com o líquido precioso que as mães recebem como dádiva para alimentar os filhos.

– As fêmeas de quase todas as espécies o produzem, mesmo as feras sanguinárias – pensou.

Num relance, lembrou que não tivera leite suficiente na terceira gravidez. "Coisas da idade", dissera o médico. Mas ela tinha outra teoria. Por ter sido problemática, aquela gestação a deixara temerosa de perder espontaneamente a criança. O terror de não ser mãe daquela vez a privou da abundância do alimento amoroso.

Tão logo as duas crianças se afastaram, rindo e pulando, Roseli juntou os guardanapos de quadrados brancos e vermelhos, embrulhou com eles os copos vazios, devolveu o volume descuidadamente à sacola e retomou o fio dos pensamentos.

Olhou as outras mães ali sentadas nos bancos espalhados ao redor dos brinquedos. Umas tricotavam ou seguravam livros à altura dos olhos ou curvavam-se sobre eles, enquanto outras folheavam revistas de mexericos. Mas havia umas poucas que só vigiavam as crias, como leoas atentas.

Que passados esconderiam essas criaturas de aspecto tão nobre, que lutas, que alegrias?

As de aparência leonina nunca teriam feito o que ela fez. Não com aquela atitude zelosa que estampavam nas faces vermelhas de sol. Ou talvez tivessem feito como ela, e agora cravavam os olhos na prole, como que tentando protegê-las de algum evento malfadado que os viesse arrebatar de seus braços.

Um vento repentino atirou-lhe no rosto algumas das folhas secas que estavam espalhadas pela passarela de pedras coloridas. Meio aturdida, Roseli conferiu as horas e percebeu que já estava atrasada para dar andamento no almoço. A casa ficava perto, mas era preciso se apressar. Levantou-se de chofre. Logo o ônibus escolar estaria à porta para levar os dois ao colégio.

– Dois filhos! – suspirou, ao constatar que haveria sempre um assento vazio naquele ônibus.

Acenou para os garotos com insistência, dando por encerradas as peraltices da manhã. Os três percorreram a curta distância até a casa rindo e conversando. Os pequenos nunca pareciam estar de mau humor, nem mesmo quando doentes. E a ligação entre eles era tão forte que sentiam sempre as mesmas coisas. O estado de espírito deles parecia refletir um no outro.

Roseli ainda estava cruzando a última esquina e os filhos já haviam chegado ao portãozinho baixo que separava da rua a casa confortável. Ela entrou pressurosa e foi logo para a cozinha. De longe, escutava os meninos gritarem contentes no banho, no andar de cima. Já imaginava a desordem que deixariam para trás à sua passagem pelo banheiro.

Quis recomendar que se apressassem e parassem com a bagunça, mas considerou que a alegria era um luxo que não estava reservado para todos os habitantes daquele lar. Se ela existia para alguns, achava um sacrilégio interrompê-la.

A campainha do telefone tilintou alto, assustando-a ligeiramente. Era o marido. Um cliente graúdo, em quem o banco estivera de olho havia meses, decidira-se finalmente por transferir seus investimentos todos para lá. Durante o almoço, em um hotel elegante, os detalhes seriam acertados.

Antes de desligar, Jorge acrescentou que sua comissão seria gorda, e que a viagem de fim de ano com as crianças estava assegurada.

Roseli desligou e olhou para a mesa posta. Quatro lugares. Com a ausência do marido, lá estava uma cadeira vazia novamente.

– Haverá um termo médico para definir o que sinto? Talvez "síndrome do lugar vazio" ou "fobia de lugares desocupados"? – refletiu.

Apesar da seriedade do sentimento, chegou a rir, pensando naquelas "futilidades patológicas". Sentiu-se bem. Rir era tão raro para ela.

Finalmente, as crianças entraram na copa em desabalada carreira e entregaram-se a comer com apetite. Ela, porém, deixou o prato quase intocado, no vaivém de proteger o uniforme dos vorazes da influência perniciosa do molho de tomate do macarrão que preparara às pressas.

Os garfos cruzavam os ares em volutas que fariam inveja à esquadrilha da fumaça, enquanto os petizes sugavam a pasta que rodopiava e espalhava pontinhos vermelhos nas faces brilhantes. Era inútil falar; portanto, agia o mais rápida e eficientemente que podia.

Terminaram, finalmente, a refeição. Eles, satisfeitos; ela, suarenta, mas feliz. Os filhos mantinham-na viva, despertando seu cuidado em relação às pequenas frivolidades do quotidiano, como acordar, comer, se arrumar e dormir.

A buzina da jardineira soou, enquanto Roseli enxugava os pratos. Os garotos correram porta afora. Parada no alpendre, ela respirou fundo, aliviada, o silêncio da tarde que começava. Encaminhou-se para a copa, sentou-se à cabeceira da mesa de refeições e cruzou os braços na frente do corpo.

O bater ritmado, mas suave, do relógio da sala começou a embalá-la quase que hipnoticamente. A cabeça pendeu por sobre o tampo da mesa, os braços serviram-lhe de apoio, enquanto mergulhava em pesado sono.

Capítulo 21

TERÁ SIDO UM SONHO?

SUBITAMENTE, ROSELI VIU-SE em um lugar que não identificou, apesar de ter certeza de que o conhecia. Olhou seus braços e surpreendeu-se ao ver mãos que eram diferentes, jovens e miúdas, mas que eram suas. Conferiu as roupas. Deviam ser de mais ou menos da primeira ou segunda décadas do século XX.

Seu peito arfava de maneira ritmada, quase como o relógio da sala, que havia deixado para trás, em outra realidade. Percebeu que estava sonhando com uma nitidez que nunca experimentara. Viu que era outra pessoa, sim, mas que seu *eu* era o mesmo.

Entendeu o porquê da agitação interior. Estivera grávida. Lembrou-se do ato hediondo que lhe causara a gestação. Viu o ser monstruoso que a submeteu a um doloroso processo de violência física. Conhecia-o da escola. Sentiu novamente a mão forte que lhe tapara a boca, quase a ponto de asfixiá-la. A dor do instante fatal em que se sentiu invadida na intimidade do corpo foi excruciante, não tanto física, mas moralmente.

Não saberia dizer quanto tempo duraram aqueles momentos de horror. Ao final, de pé, ajustando o cinto das calças cáqui, ele a intimidou com um misto de petulância e frieza, ameaçando matá-la, e a seus pais, se contasse a alguém o que ocorrera. Descreveu com detalhes sórdidos como mutilaria seu irmão mais novo, fazendo parecer que fora um assalto. E saiu, deixando-a meio retorcida sobre si mesma.

Reviu como se levantou trôpega e caminhou do local ermo, atrás da escola, onde a ação fora perpetrada, até chegar em casa. Entrou com calculada tranquilidade, controlando-se o melhor que podia.

Ante seus olhos inchados, desfigurados pelo pranto copioso, a mãe assustou-se. Questionada, a ela culpou um desentendimento com uma colega de classe. A mentira foi aceita. Afinal, a mãe tinha mais o que fazer. A noite já caíra e em breve um casal de amigos chegaria para o tradicional jogo de cartas das terças-feiras, regado a tira-gostos e aperitivos. Além do mais, quem suporia que uma jovem de 15 anos seria capaz de experimentar algum tormento emocional mais grave? Logo passaria.

Mas não passou. Com o escoar das semanas de confinamento íntimo na dor – especialmente quando ela o via passar nos corredores da escola, com naturalidade desconcertante –, ela sentiu que, mal as marcas da brutalidade haviam cicatrizado em seu corpo, a cessação de sua regra trouxe um presságio funesto.

Ficou indecisa se falava com a mãe ou com alguma

pessoa da escola, uma colega mais velha, talvez. Mas o pedido de socorro, cedo ou tarde, culminaria na revelação do autor da agressão. E as palavras medidas da ameaça não lhe saíam da cabeça.

Quase três meses de indizível aflição se completaram, e seu corpo começou a se modificar de forma inegável. O silêncio, porém, continuava. Até que, numa noite de sono agitado, acordou banhada em sangue, lençóis ensopados pelo líquido vital.

Os gritos desesperados atraíram os pais até o quarto. Em plena madrugada, levaram-na ao médico da família. O homem idoso, que a tinha visto nascer, entrou no consultório anexo a sua própria casa com o semblante dormido e circunspecto, envergando seu roupão de seda.

Após rápida anamnese, olhou-a de forma enigmática, como se procurasse um fio solto na narrativa. Examinou-a detidamente e ergueu os olhos, retirando os óculos redondos de aro fino.

- Aborto espontâneo! - murmurou.

Os pais, sentados atrás de um biombo japonês, entreolharam-se com um espanto que passou para a incredulidade, para o terror e converteu-se em fúria. Ergueram-se de um salto e esbarraram com o doutor que os deteve e aconselhou cautela.

Em voz baixa, recomendou que se preservasse primeiro a vida da filha. A perda de sangue fora muito maior do que pensara e a extensão dos danos internos só seria conhecida após algum tempo de repouso e observação. Os dois concordaram, meio a contragosto. A mãe, pálida, tentou sorrir, mas a boca fez-se amarga e rígida.

Logo estavam a caminho de casa. Iam em silêncio. Sentada numa almofada que fora colocada no banco da charrete, a jovem entendeu a trégua e agradeceu intimamente por ela. Adormeceu de fadiga.

Já nos primeiros dias após o ocorrido, uma atmosfera de constrangimento velado se estabeleceu na morada da pequena família. Os pais aparentavam solicitude, mas era indisfarçável que aguardavam o momento de colocar tudo em pratos limpos. O nome do canalha e as circunstâncias em que entrara na vida deles eram cruciais para fazer voltar ao eixo aquelas existências entrelaçadas.

A primeira providência foi tirá-la da escola mista e transferi-la para outra só de moças. O pai chegou a considerar se era uma estratégia apropriada, pois o facínora poderia desconfiar da manobra e fugir. Por outro lado, era uma maneira, caso isso ocorresse, de fazê-lo revelar-se.

Naquela mesma semana, procuraram um colégio de freiras que ficava do outro lado da cidade. Não era o momento oportuno de acrescentar aquela despesa na receita da família, mas não havia outro jeito.

Enquanto isso, já se iniciara uma sindicância para tentar identificar possíveis suspeitos na antiga escola, tanto entre o alunado quanto entre os adultos que lá trabalhavam. Pelo menos por enquanto, a polícia fora mantida afastada, para que se evitasse um escândalo.

Roseli percebeu, no sonho que transcorria, que houve um salto no tempo.

Certo dia, após as primeiras semanas de estudo no novo colégio, a jovem descansava em casa, lendo em seu quarto. Sentiu sede e foi rumo à cozinha. De repente, percebeu o som de vozes alteradas que saía da alcova dos pais. Estacou de súbito e reteve a respiração. Era um fim de tarde. O dia declinava, mas as luzes internas ainda estavam apagadas.

Com cuidado, para não fazer ranger o assoalho de tábuas corridas, ela encostou delicadamente o ouvido na porta. Como previra, falavam dela. A mãe recomendava prudência, pois ainda via na filha os ecos sombrios da tragédia que sobre ela se abatera. O pai, ao contrário, mal controlava sua sede de justiça. Queria colocar as mãos naquele que fora responsável por trazer a desdita a seu antes harmonioso lar.

Após argumentarem por alguns minutos, ficou decidido que no dia seguinte, depois do jantar, finalmente conversariam com a filha.

Do lado de fora, a jovem estava lívida. Um turbilhão de pensamentos agitou-lhe a mente ainda debilitada. Pensou nos pais mortos, deitados em caixões paralelos, na funerária, cercados pelas flores enviadas por amigos e parentes. Imaginou o irmãozinho mutilado e quase desmaiou ali mesmo. Pensou que o monstro poderia ser preso, sim, mas por fim inocentado e liberado para levar a termo a vingança que prometera.

Sem se preocupar com o barulho, saiu correndo e ganhou a rua.

A lua nascia imensa e reconfortante por sobre as árvores da via pública quase deserta, àquela hora, no bairro residencial de classe média da cidade interiorana.

Escondida atrás de um muro de pedras, a jovem não

conseguia pensar no que fazer. Então, insinuante, a solução veio-lhe como que soprada por bocas que não via: se ela era a única que sabia, somente ela representava perigo para os entes queridos. A única saída era matar-se e levar consigo o segredo.

Ela chegou a considerar o pecado mortal que cometeria, mas lembrou-se de uma aula de catecismo em que aprendera sobre os mártires e como haviam oferecido a vida em holocausto (sempre achou a palavra engraçada) em favor do restante da humanidade. Seu sacrifício seria comparativamente menor, mas haveria de ser levado em conta por Deus, tinha certeza.

Uma estranha paz a dominou. Não, não era paz, mas alheamento, libertando-a de qualquer nervosismo. Ajeitou os cabelos longos, prendendo-os por detrás das orelhas com os indicadores. Passou as mãos espalmadas pelo vestido comprido, ligeiramente amarfanhado, e desceu a rua em direção ao rio.

Dentro em pouco, atingiu o meio da ponte e olhou as águas escuras que refletiam o céu da noite, que já caíra de todo. Uma brisa a acariciou, vinda não soube de que direção, como que tentando acalmá-la. Hesitou ligeiramente, mas logo a resolução tomada falou mais alto. Aguardou que a ponte se esvaziasse por alguns instantes, debruçou-se na amurada de proteção e deixou que seu corpo caísse sem estardalhaço nas águas lá embaixo, descrevendo um arco quase gracioso no ar, à medida que seus pés revolutearam ao sair do chão.

O impacto com a corrente pareceu assustá-la, mas a água morna começou a tragá-la lentamente, como se a abraçasse de forma aconchegante, invadindo seus pulmões e sufocando-a. Foi quando o desespero a atingiu em cheio.

Instintivamente, quis gritar e fazer alguma coisa, mas o vestido ensopado atou-lhe os movimentos ao redor do corpo. Na visão que se turvava, ainda se mostraram as faces risonhas dos pais tão queridos e do irmãozinho menor, o amor de sua vida. Num átimo, pensou no sofrimento que causaria a eles. Mas era tarde. Salvara-os, e isso era o que importava.

Capítulo 22

De volta à realidade

A PRÓXIMA BATIDA do pêndulo dourado do relógio trouxe Roseli de volta, como que arrancada à força das profundezas do leito do rio. Ergueu a cabeça com um grito sufocado na garganta, estrangulado pelo peso das águas.

Levou alguns segundos para engolir a primeira golfada de ar. Foi quando vieram as lágrimas e o pranto convulsivo. Deixou-se aliviar, um desabafo que parecia ter estado reprimido por décadas.

Levantou-se, cambaleante, da cadeira e conseguiu arrastar-se até o filtro da cozinha. A garganta queimava. Pegou a caneca esmaltada com as mãos vacilantes, pousou-a debaixo da torneirinha aberta e depois levou um gole aos lábios.

Deu um grito de terror e cuspiu o líquido com violência: lembrou-se imediatamente do gosto da água do rio. Deixou-se escorregar e, por quase meia hora, ficou sentada no chão da cozinha, com as costas apoiadas no armário da pia.

Aos poucos, a calma foi voltando e a razão se estabeleceu novamente. Nunca tivera um sonho como aquele. De onde estava, olhou o relógio da sala e sentiu-se finalmente de volta à realidade.

A respiração foi se normalizando pouco a pouco e o choro se tornando mais espaçado. Levantou-se e testou as forças com cuidado. A passos lentos, medidos, foi subindo a escada que dava para o andar de cima, onde ficavam os quartos. Deitou-se lentamente, sem abrir a cama. Mais confortada, passou a considerar os fatos. Sabia, agora com toda a certeza, que havia sido apenas um sonho, mas a sensação de identificação com a pobre jovem fora por demais intensa.

Não teve dúvidas. Era uma projeção do seu subconsciente. Afinal, ela mesma já praticara um aborto, do qual se arrependia amargamente. Devia estar purgando a dor através da imaginação. Impossível. Havia mais alguma coisa por detrás daquele fenômeno.

Ao rememorar o sonho, deu-se conta de que não recordava apenas dos fatos que presenciara. O que a assustava era que sua mente preenchia, sozinha, tudo o que não vira. Como um rosto que a jovem infeliz viu algumas vezes no colégio. Era uma irmã professora, ainda jovem, talvez uma noviça, pela diferença no hábito. Jamais se falaram, mas os olhos pareceram dizer tudo.

Roseli virou-se de lado na cama e veio-lhe vivo, mas já um pouco distanciado, o momento do estupro. Encolheu-se em posição fetal, cruzando os braços com força, como que a proteger o seio da invasão que se perpetraria.

Quem teria sido o monstro? Sabia ser um adulto, e

que trabalharia na escola, provavelmente, ou não poderia circular à vontade entre os alunos. Seria um professor? Um funcionário?

Como era possível aquela identificação com a jovem agredida? Era como se fosse ela mesma. Nunca acreditara em reencarnação ou na possibilidade de vidas passadas. Ao contrário, nutria certo descaso (seria temor?) pela ideia de que as responsabilidades dos atos humanos seriam capazes de cruzar a barreira do esquecimento proporcionada pela pedra fria do túmulo.

Lembrou-se de que, certa feita, no catecismo, uma aula inteira fora dedicada à questão. Aquelas ideias foram combatidas com uma veemência desconcertante, e livros e citações foram empregados para associar tais crenças a práticas demoníacas. Roseli nem se lembrava mais dos trechos mencionados, mas a memória do terror da condenação eterna ficaria gravada para sempre em seu espírito.

Ainda assim, com certa curiosidade, passou a examinar mentalmente o ambiente que circundava a jovem do sonho.

– Que ano seria aquele?

A julgar pelas roupas, móveis e construções, devia ser entre 1910 e 1920, talvez um pouco além. Portanto, caso a jovem fosse ela mesma, isso daria mais ou menos duas décadas entre a morte dela e seu nascimento.

– Que pensamento absurdo! – falou de si para si.

De repente, veio-lhe à mente o rosto de Emily, uma amiga que não via fazia muitos anos. Conheceu-a quando esteve morando no Canadá. Era uma moça inglesa, cujo esposo havia sido colega de Jorge durante o estágio de formação na companhia.

Numa tarde de neve alta, ambas tomavam chá, discutindo assuntos os mais variados. A certa altura, a conversa enveredou para o campo da religião. Emily contou que era espiritualista.[11] Dizia ela que os seres humanos vêm à Terra em estadas sucessivas que lhes proporcionam progresso moral e intelectual. Roseli recordou que se sentira ligeiramente fascinada por aquele sistema, que julgou até bastante natural, no que tange à Justiça Divina. Porém, terminado o chá, a amiga se foi e o catecismo venceu novamente...

– Por onde andará Emily? – pensou alto.

Numa hora como aquela, em que tudo estava tão confuso, teria gostado de ainda manter-lhe o contato, para poder saber sua explicação a respeito do sonho. Desta vez, quem sabe o catecismo e ela empatassem.

Suas pálpebras foram se tornando mais e mais pesadas, até que um sono reparador, sem sonhos, a embalou. Acordou com a buzina da jardineira, trazendo os filhos de volta. Levantou-se de um pulo, algo desarvorada, e olhou para o relógio de cabeceira. Dormira uma eternidade! Já estava quase escuro. O marido não tardaria a chegar também, e ela não havia adiantado nada para o jantar.

---

11. Espiritualista é todo aquele que acredita na existência do espírito, ou alma, que sobrevive à morte física. Espírita é o adepto do espiritismo, doutrina fundada por Allan Kardec, cujos postulados incluem crença em Deus, na imortalidade da alma (espírito) e sua comunicação com os homens. Admite a pluralidade dos mundos habitados. O espiritismo é o próprio "consolador" prometido pelo Cristo. Todo espírita é espiritualista. Mas nem todo espiritualista é necessariamente espírita. **Nota do Revisor.**

Desceu as escadas e cruzou com os garotos a meio caminho. Eles a derrubaram nos degraus atapetados e cobriram seu corpo num abraço duplo, gargalhando sempre. Em seguida, os filhos subiram para o quarto e jogaram-se nas camas, para a soneca que antecedia o jantar.

Logo Roseli estava mergulhada nos afazeres domésticos. Jorge adentrou a porta que dava para o quintal, colocou um saco de papel pardo com compras de supermercado sobre a bancada de mármore, beijou a esposa um tanto maquinalmente e foi se trocar.

Sozinha, sentada num banco alto de madeira e vigiando as panelas, percebeu que uma ideia se fixara em seu coração: ia tentar falar com Emily. Era uma pessoa tão boa, tão doce! Não se importaria que a contatasse depois de tantos anos de silêncio.

Porém, como se o velho catecismo enraizado insistisse em não arredar o pé, decidiu, por via das dúvidas, procurar também um psicólogo. Pronto, assim seria.

Capítulo 23

Emily, a espiritualista

Àquele jantar, vários outros se seguiram, até que, numa tarde chuvosa, Roseli achou-se aguardando na antessala de um psicólogo que lhe fora indicado por sua ginecologista. Por telefone, a médica dissera que os sonhos eram projeções do inconsciente, e que o atendimento profissional iria ajudá-la a resolver a questão, bem como os conflitos que tinha consigo mesma.

Durante um mês, visitou o consultório semanalmente. Nos intervalos, cumpriu religiosamente as instruções que recebia. Escreveu. Meditou. Refletiu. Inquiriu-se. Ao cabo da quarta sessão, sentada ao volante do carro, ela admitiu que não adiantara muito. É verdade que, se o que experimentara fosse uma projeção sua, o tratamento estaria no rumo certo.

Começou até a aceitar várias coisas que a atormentavam sobre seu passado. Não era a primeira vez que tentava terapia. Alguns anos antes, não tivera resultados que considerasse positivos, terminando por abandonar o tratamento. Além do mais, estava grávida do seu caçula, na época, e a situação financeira do casal ainda não estava suficientemente estabilizada, a ponto de permitir aquele gasto.

Dessa vez, não falara com o marido sobre as visitas ao psicólogo. Jorge não a entenderia. Pior, entenderia erradamente, já que, como não se abrira com ele sobre o sonho, não conhecia a totalidade dos fatos. As despesas eram parte de sua mesada, e ele, com notável dignidade (seria desinteresse?), nunca perguntava o que ela fazia com o dinheiro.

Roseli dirigiu para casa envolta em pensamentos conflitantes. Parada em um cruzamento, veio a decisão: iria mesmo procurar pela amiga espiritualista.

Tomada de súbito e inexplicável vigor, mal a luz verde acendeu, acelerou rumo ao lar. Deixou o carro na calçada mesmo e entrou correndo sob a chuvinha fina, sem fechar nada atrás de si. Foi para o escritório e pôs-se a revirar a gaveta debaixo de uma grande cômoda em estilo colonial, usada para guardar "papéis de outras eras", como diziam em casa.

Vasculhou pacotes de velhas cartas e cartões postais (qualquer dia, teria que dar um fim na maior parte daquilo tudo!). Conferiu nomes, endereços, assinaturas, até que, coração aos saltos, achou um cartão profissional com o nome do marido de Emily.

O endereço era no Canadá, constatou, algo desapontada, pois era um cartão do tempo em que os quatro ainda moravam lá. Emily e o esposo eram da Inglaterra. Terminado o estágio no estrangeiro, certamente teriam retornado a seu país de origem, como ela e Jorge fizeram.

Mesmo insegura, decidiu fazer uma tentativa e ligar para o número da companhia impresso no cartão. Havia também um número residencial, mas optou pelo outro. Era só uma esperança, mas por que não?

Pela porta aberta, olhou o relógio da sala e calculou o fuso horário. A menos que estivesse enganada, eles ainda estavam em hora de expediente lá por cima. Seu coração acelerou de excitação e medo. Demorara tempo demais para agir. Se desse errado, não sabia como iria lidar com a volta ao limbo.

Vagarosamente, como que para prevenir qualquer chance de erro, tomou do aparelho e discou o número da telefonista. Aguardou um ou dois cliques e estalos. Quando ela atendeu, forneceu o número desejado, agradeceu e aguardou. Por fim, o sinal de chamada foi ouvido várias vezes. Quase desistiu, até que uma voz feminina atendeu, em francês.

Roseli respondeu em inglês e, em poucas palavras trocadas, descobriu que não era ninguém da companhia, mas uma atendente da companhia telefônica canadense. Após tantos anos, claro que o número mudara, e a operadora acabara por receber a ligação. Roseli disse o nome da empresa que tentava atingir e a voz, gentil, mas falando por clichês, deu-lhe o novo número.

Após desligar, hesitou. O contratempo com o número já a estressara em demasia. Respirou fundo e recolheu forças. Repetiu toda a operação mais uma vez. Desta vez, outra voz feminina respondeu de imediato, em inglês, anunciando o nome da empresa.

Com calma, e com maior objetividade que conseguiu, àquela altura das emoções, Roseli passou a narrar os fatos para a atendente do outro lado da linha. Mencionou a estada na empresa no início da década de 1960 e o intento de encontrar o paradeiro do tal estagiário inglês. Foi capaz de sentir o sorriso da interlocutora, apenas pelo tom de voz com que lhe respondeu.

– William Sanders? Mr. Sanders é o diretor executivo da companhia, agora.

Admirada, Roseli deduziu que o simpático e talentoso Bill havia permanecido no Canadá com a esposa. Após uma pausa, perguntou à moça do outro lado se poderia enviar uma carta para Emily, usando o endereço do escritório. A secretária anuiu, já quase que pessoalmente envolvida no assunto, e passou os dados necessários. Despediram-se cordialmente.

Com o fone no gancho, Roseli contemplou o bloco em que anotara o endereço. Destacou a folha de papel que, a partir de então, concentraria todas as suas esperanças. Levantou-se, foi até a estante e retirou um livro que voltava a suas mãos periodicamente: *Razão e sensibilidade*. Entre suas páginas surradas, depositou o papelzinho. Que Jane Austen[12] velasse pelo seu segredo.

Depois de alguns dias de procrastinação, em virtu-

12. *Sense and sensibility*, de Jane Austen (1775-1817), publicado no Brasil pela Martin Claret (2009). **Nota do revisor**

de da ansiedade, viu-se compelida à tarefa de deitar no papel suas impressões mais íntimas, revelando-se para obter respostas. Com os filhos na escola, foi para o gabinete. Tirou da gaveta um bloco de papel-carta, personalizado com seu nome e monograma, e depositou-o sobre o tampo da sólida mesa de mogno. Deixou cair as mãos espalmadas ao lado das folhas em branco.

Por onde começaria? Era melhor fazer um rascunho, claro.

Tomou da esferográfica e começou a tarefa. As palavras iam e vinham, da mente para o coração e vice-versa, e desses para o plano do papel. Lágrimas furtivas caíam, vez por outra. Emoção. Sinceridade. Alívio.

Ao fim das muitas laudas, espiou o relógio da sala. O tempo voara. Sentia-se leve, como se, num passe de mágica, tivesse transferido para o papel tudo o que a acabrunhava.

Destacou as folhas do rascunho e pôs-se a passá-las a limpo. Chegou a termo a versão final. Oito páginas, impregnadas com sua vida. Dobrou cuidadosamente as folhas em três partes e acomodou-as em um envelope aéreo. Lacrou-o e correu os dedos delicadamente pelas bordas verde-amarelas. Foi à estante e aliviou *miss* Austen da guarda do seu segredo.

- Interessante! - exclamou. - Uma inglesa cuidando do endereço de uma sua conterrânea.

Transportou o nome e os dados postais da folha do bloquinho para a face do envelope, conferindo várias vezes. No verso, colocou as informações do remetente, sempre com o mesmo cuidado.

Levantou-se, de súbito, com uma pressa repentina, pegou a bolsa, as chaves do carro, e correu para a garagem. Dirigiu até a agência central dos correios. Não queria que houvesse nenhum atraso. Lá chegando, postou o volume no modo "registrado", só por segurança.

Ao descer os degraus do prédio, respirou o ar melancólico do fim de tarde e olhou o relógio. Ah, sempre o relógio! Quando se veria livre daquele tirano? Tinha somente quinze minutos até que os garotos chegassem. Entrou no carro e saiu da maneira que viera, em disparada.

Os dias que se seguiram foram um misto de tranquilidade, agitação e apatia. Roseli repassava na mente uma infinidade de possibilidades. Decerto que a amiga inglesa seria uma esnobe, agora. Como poderia tão importante pessoa dar ouvidos às lamúrias de uma mulher desequilibrada, habitante de uma selva do terceiro mundo?

Ou, então, Emily não seria mais espiritualista, tendo se rendido ao catecismo. Sabe-se lá se não se convertera ao protestantismo? Roseli imaginou a amiga em um imenso templo, repleto de fiéis circunspectos. Emily brandia o envelope de bordas verde-amarelas rasgado, deixando entrever um cantinho da carta com sua caligrafia, e pedindo, em altos brados, que a congregação e os pastores orassem pela libertação da brasileira endemoninhada!

Na cena seguinte, Emily se sentava em uma roda de senhoras elegantes, da mesma estirpe, tomando chá com *waffles* e rindo a valer, enquanto ia traduzindo para as outras a carta, encenando grotescamente cada novo lance da narrativa.

Em meio à confusão quase cinematográfica de tantos cenários aterrorizantes, uma centelha se acendia vez por outra na mente de Roseli. Era a esperança de que talvez não tivesse sido um erro.

Capítulo 24

A CARTA

CERTA MANHÃ EM que a chuva voltara a cair, Roseli estava em casa com os meninos, entediados todos, quando a campainha soou. O mais velho, ansioso por quebrar a monotonia, desceu correndo as escadas, ainda segurando um soldadinho de plástico, e abriu a porta. Era o carteiro.

O homem, ensopado em sua capa gotejante, perguntou pela mãe, pois havia uma carta registrada que requeria sua assinatura.

Roseli levantou-se da poltrona em que lia uma revista e aproximou-se por trás do filho, que ainda agarrava a maçaneta da porta de vidro. Ela olhou, pálida, o pequeno envelope postal. Reconheceu as cores do Canadá.

Alheia, estendeu a mão e cumprimentou o carteiro, conhecido de muitos anos, assinou o recibo, agradeceu, despediu-se e fechou a porta. O filho desapareceu da vista, acompanhado do soldadinho.

O barulho manso da chuva misturou-se ao ribombar do seu coração. Se fosse uma tempestade, os trovões não seriam mais barulhentos.

Foi para a copa, sentou-se na conhecida cadeira e pediu socorro ao relógio da sala. Era melhor deixar a leitura para mais tarde e ir fazer o almoço.

– Não, ainda é muito cedo.

Precisava adiantar a roupa para ser lavada, pois a ajudante logo chegaria, apesar da chuva. Não, já estavam todas organizadas e separadas.

Teve um lampejo: será que ainda tinha sabão em pó? Teria que ir ao mercado! Tinha ido no dia anterior, lembrou-se. Silêncio e espera.

Procurava desesperadamente algo que adiasse aquele momento, mas não lhe ocorreu mais nada. Num movimento instintivo, antes que a razão continuasse a tentar vencer a sensibilidade, passou a unha pelo canto do envelope e retirou de dentro algumas folhas em tom sépia, recobertas por uma escrita bem desenhada.

Desdobrou-as e leu a primeira linha. A essa, foram se seguindo as restantes, até que terminou. Sua respiração estava ofegante. Seus ouvidos zumbiam ligeiramente. Recomeçou:

> Minha cara!
>
> Que surpresa... Você não tem ideia como foi maravilhoso receber sua carta. Claro que me lembro de você! Como poderia esquecer todos os momentos deliciosos que passamos juntas, enquanto os rapazes estavam no trabalho? Ainda tenho vívida na

mente a maneira como você me confortou quando me sentia tão solitária e com saudades de casa naquele tempo.

Como lhe contei então, eu era recém-casada e tinha deixado a casa de meus pais, meu país e todos os meus amigos, tudo de uma vez. Nossos encontros para o chá foram uma das razões pelas quais eu fui capaz de suportar tal empreitada.

Nós não podemos reclamar. A vida nos recompensou de muitas maneiras. Pelo que entendi, sua vida está bastante estável agora, com o emprego do seu marido garantido e com as crianças crescendo saudáveis e felizes.

Como você já sabe, por ter falado com uma das secretárias da companhia, meu marido e eu nunca voltamos para a Inglaterra. Durante os últimos dias do curso, ofereceram-nos um cargo na companhia e acabamos ficando aqui até hoje. Nós ainda vamos para casa todo ano, pelo Natal, ao menos o que eram nossas casas. Mas agora vivemos aqui de verdade. É fato. Embora eu confesse a você que não foi uma decisão fácil de tomar, em virtude dos planos que tínhamos feito para o futuro.

Estou certa de que você se lembra de uma ou duas conversas que tivemos sobre os planos para engravidar depois de voltarmos para casa. Bem, nós ficamos aqui, e desde sua partida para o Brasil, meu marido e eu começamos as tentativas de ter um bebê. Nós queríamos com tanta vontade que a frustração em relação a todos os esforços sem sucesso deixou-nos com apenas um punhado de coisas boas na vida às quais nos agarrarmos.

Tentamos tudo que a ciência tinha a oferecer na época. Tanto eu quanto meu marido decidimos declinar da oferta de emprego e dar continuidade a nossos esforços de volta em casa. Entretanto, os tratamentos médicos no Canadá eram comprovadamente os mais avançados do mundo naquela época. Encurtando a história: nós ficamos aqui, mas a criança do nosso amor nunca veio...

Isto me leva à preocupação maior manifestada em sua carta. Eu me sinto absolutamente solidária a você neste momento de ansiedade, minha cara. Embora eu entenda completamente as razões que a impediram de fazê-lo, você poderia ter me contado sobre seu aborto.

Você está enganada. Eu nunca a condenaria por nada. Pense no presente. Deixe o passado para ser consertado numa futura oportunidade. Pelo menos, Deus lhe deu duas crianças que, com base no que me contou, são garotos nada menos que maravilhosos. Alegre-se com eles o mais que possa, pois são a prova de que nosso Pai Celestial nunca cessa de nos amparar, apesar das muitas ocasiões em que nos desviamos de Seus caminhos amorosos.

Entretanto, não pense que meu marido e eu também não fomos abençoados em nossas vidas. A certa altura de nosso desespero, ouvimos falar de uma agência de adoção mantida pelo governo, em uma cidade próxima. Esta palavra nunca tinha sido parte real de nosso vocabulário de vida.

Nós passamos muito tempo pensando, antes de decidir pela adoção. Eu lhe digo, minha cara, que isso será sempre a maior alegria que jamais nos acontecerá na vida. À medida que preenchíamos um milhão de formulários, alguns deles por duas vezes, tenho certeza, começamos uma série de entrevistas. Durante uma delas, fomos apresentados a um par de meninas gêmeas com apenas alguns meses de idade, cuja mãe, solteira, havia morrido de câncer.

Aquele foi um momento incrível. Soubemos na hora que elas seriam nossas crianças. Era inevitável. E assim foi. Elas farão dez anos no mês que vem, e eu lhe asseguro que elas se tornaram a razão da nossa existência. Elas enchem de amor os nossos dias até um ponto em que parece estonteante às vezes...

Tudo isso me traz à resposta da última questão que você me fez. Sim, eu ainda sou e para sempre serei espiritualista. Deixe-me dizer, cara, que esta foi a única força que nos manteve com sanidade, sempre na esperança de dias melhores. Uma amiga médium nos disse que deveríamos manter a fé e nunca desistir. Ela nos contou, mais tarde, que as gêmeas tinham que estar em nossa vida desde sempre, e que era apenas questão de tempo até que nós quatro estivéssemos juntos. Quando eu olho para elas, eu sei, no fundo do coração, que rejeitei seu nascimento em uma encarnação anterior. Agora, uma chance completamente nova nos é dada pela Justiça Divina.

Você pediu meu conselho. Digo que minha experiência é o único conselho que poderia lhe oferecer hoje. Não deixe que a barreira da carne fique no seu caminho. Abra seu coração. Fale com seu marido sobre o assunto e adotem uma criança. Creia-me, não é uma substituição, mas uma bênção que vai ajudá-la a eliminar a maior parte da dor. Quanto ao sonho que você teve, esteja certa que representa uma oportunidade que lhe deram seus guias espirituais para fazê-la lembrar do passado para ajudá-la a entender o presente. Encare isso com seriedade.

Tenho lido tantos livros sobre o assunto em minha vida, mas não foi senão quando uma obra em particular me veio às mãos que a realidade do mundo espiritual se tornou inequivocamente clara para mim.

Quando eu estava no auge do desespero pela gravidez, um amigo da Inglaterra, e sem estar ciente da minha situação, enviou-me um volume chamado *O Livro dos Espíritos*, escrito por um professor francês, em meados do século XIX, sob o pseudônimo de Allan Kardec. Esta obra mudou minha vida em maneiras que ainda estou por entender. E ela é parte de uma soberba coleção de publicações que organizaram o espiritismo - cujas revelações sempre estiveram presentes na humanidade desde os seus primórdios -, em um novo código de conceitos morais e científicos.

Pensei em lhe enviar um exemplar do livro, mas esta obra ainda é difícil de encontrar no Canadá. De qualquer forma, fui a um livreiro que conheço e estava com planos de encomendar um para você diretamente da Inglaterra e de enviá-lo para sua casa. Bem, imagine a minha surpresa quando ele me contou que o Brasil é o país do mundo onde a doutrina organizada por Kardec está mais amplamente disseminada!

Agora é a sua vez de procurar pelo livro. Você achará todos os conselhos, respostas e consolação que precisa naquelas páginas.

Por favor, eu insisto que você me escreva novamente, ou mesmo me telefone, se eu puder ser de alguma ajuda. Meus números estão no pé da página. E não se esqueça de que orar é um bálsamo para curar todas as feridas que possamos ter.

Meus mais efusivos cumprimentos, minha cara.

Finda a leitura, Roseli quedou-se estática. Como estivera enganada! A reação da amiga foi nobre e amorosa. Ponderou sobre a solução encontrada por Emily e Bill para o problema da infertilidade: a adoção. A impressão que a carta passou era de que havia sido muito natural o processo. Roseli sentiu um ligeiro mal-estar. Para ela, o assunto era tabu.

Lembrou-se de uma ocasião em que conversava com Jorge sobre engravidarem do filho mais velho e o assunto veio à baila. Ele olhou-a com alegria. Na visão dele, se não pudessem ter filhos biológicos, a adoção era uma solução legítima. O problema sempre fora ela. O assunto morreu ali mesmo.

Sacudindo a cabeça, Roseli pensou na sugestão de

Emily quanto ao livro. Já ouvira antes o nome Kardec. Vez por outra, ouvia pessoas se referirem aos chamados centros espíritas. Certa feita, no salão, a manicure que trabalhava ao lado da sua cadeira conversava com sua cliente sobre uma reunião espírita qualquer. Trocavam impressões de como se sentiram em paz e reconfortadas após o retorno ao lar.

Como sempre, o catecismo entrou em ação. Roseli, com a cabeça cheia de bobes, fechou os olhos e viu as duas pecadoras soltando gritos lancinantes, queimando entre labaredas que subiam em curvas lentas e sinuosas. Quase se persignou...

Ali, parada, vendo a chuva filtrada pela vidraça, Roseli deu-se conta de que não pensara aquilo de coração. Ela não era nem ao menos religiosa, no sentido canônico do termo. A família ia à missa quase todos os domingos pela manhã, seus filhos estavam no catecismo (o mais velho logo faria a primeira comunhão), mas ela não sentia nenhuma proximidade real com o Alto. O marido... bem, esse era sempre uma incógnita em tudo, e não poderia ser de outra maneira no que tange à religião.

Releu o nome do livro em inglês, na carta: *The Spirits' Book*. A tradução certamente era *O Livro dos Espíritos*. Sentiu um arrepio. Imaginou um grande volume negro, em couro, com as bordas avermelhadas e diversas fitas multicoloridas caindo da parte inferior, a lhe marcar as páginas. No centro da capa, o título, em letras góticas, esculpidas em prata envelhecida que refletiam suavemente o crepitar de alguma chama próxima. Logo abaixo, as iniciais A.K., inseridas em um brasão floreado de cor dourada.

Teve uma palpitação. Soava tal qual um livro medieval de bruxaria, algo usado em rituais de invocação do Além. Com a imagem ainda vívida, apertou a carta entre os dedos e recordou o tom consolador e a sinceridade com que a amiga se referia à obra e a seu autor. E lembrou-se da manicure. Era tão boazinha. Ela não se parecia em nada com uma feiticeira. Muito menos sua cliente, uma senhora idosa, sempre de coque, olhar experiente.

– Bem... a senhora, talvez, com aquela verruga preta no queixo. Que bobagem! – riu, sozinha, um riso solto, espontâneo.

Pôs-se a pensar onde poderia conseguir o livro, sem se expor. Afinal, a cidade não era tão grande, e ela e o marido gozavam de certo prestígio social, em função da posição que ele ocupava no banco. E notícias corriam a jato por aquelas bandas. As pessoas não entenderiam se começasse a andar por aí comprando livros espíritas. Se os vissem lendo, então... seria um escândalo!

Prestou atenção no ambiente e sentiu algo estranho no silêncio. As crianças deviam estar aprontando alguma. Subiu as escadas, pé ante pé, e espiou pela fresta da porta. Os dois dormiam desajeitados em suas camas. Cochilo de manhã chuvosa.

Lembrou-se de como Emily recomendou que amasse aos garotos sem medida. Eles eram sua vida, ora. Nunca deixariam de ser. Então, imaginou como seria ter uma terceira (quarta...) criança em sua história, correndo pela casa, respingando molho vermelho na camisa branca do uniforme, ocupando o assento desocupado da jardineira.

Seu coração se apertou. Não, ao contrário, ele se rasgou de alto a baixo, talvez pela primeira vez, e lágrimas confortadoras desceram calmas e abundantes por seu rosto.

– Adoção... Quem sabe?

Entrou no quarto e, com mão débil, acariciou os cabelos dos pequenos, acordando-os para o labor escolar. Eles resmungaram e culparam a chuva pela preguiça. Ela sentou-se com eles e acabou por passar três quartos de hora ajudando-os com os deveres.

Capítulo 25

No centro espírita

Mais um par de dias, e um sol estonteante se derramou por sobre a terra lavada e enxaguada à exaustão. O ar não parecia apenas límpido, mas tinha certa propriedade de ampliar as coisas, como se fosse uma lupa gigantesca.

Roseli levou as crianças para o parquinho logo cedo, e ia cruzando com outras mães que saíam das tocas para tentar devolver alguma cor à criançada, depois da curta temporada de hibernação. Roseli ficou espreitando-as e matutando se haveria alguém ali que fosse espírita. Quais seriam as características fisionômicas e comportamentais de um espírita típico? Depois de algumas tentativas, desistiu. Não conhecia suficientemente a espécie para reconhecer um espírita fora do seu *habitat* natural.

E não poderia simplesmente sair por aí perguntando a religião das pessoas. A estratégia teria que ser outra. Havia, em bairro próximo, um centro espírita que ficava no caminho da casa de uma amiga. Resolvido!

Pelas duas da tarde, depois de despachar as crianças,

entrou resoluta no carro. Dirigindo sem pressa, venceu a distância até o centro espírita e parou na porta, ainda com o motor ligado.

Era um prédio térreo de esquina, pintado de branco e com duas estreitas faixas verde-escuras que percorriam a frente de fora a fora. Acima delas, em letras garrafais e na cor azul, o nome da casa: Centro Espírita Regeneração e Paz.

Roseli sentiu algo de indefinido. Achou o nome bonito. Havia uma porta dupla, de vidro batido, bem no meio da construção. Estava fechada, àquela hora. Ao lado da porta central, pintada na parede, havia uma lista de atividades e seus respectivos horários de funcionamento. Apesar da distância, conseguiu ler e anotar tudo num bloquinho. À direita do edifício, quase na esquina, havia uma porta simples, do mesmo vidro, sobre a qual estava escrito Livraria Espírita Allan Kardec. Estava aberta.

As mãos de Roseli estavam crispadas no volante, o caderninho de notas jogado no banco do passageiro. Era inútil tentar; não conseguiria. Engatou a primeira e arrancou. Foi até o centro da cidade, deu algumas voltas. Sabia que estava ganhando tempo.

Passada meia hora, deu-se conta que dirigia automaticamente de volta ao centro espírita. Desta vez, estacionou e desceu do carro. Ficou ali, imóvel, contemplando a portinha da livraria, sem ter coragem de atravessar a rua.

De repente, saiu em disparada. Cruzou a rua num fôlego só, tão rápido que num instante se viu dentro da livraria, de pé e ofegante. Para sua surpresa, tudo era muito simples e "normal". Prateleiras recobriam as paredes. Uma estante-mostruário cortava ao meio a pequena sala. Estava tudo repleto de livros. Nem sabia que os espíritas escreviam tanto. E sobre o que escreviam? Reencarnação? Agarrada à bolsa, girou os olhos e foi lendo os títulos ao alcance da vista. Quem seriam todos aqueles autores? E por que havia dois autores em muitas capas?

Estava tão absorta que não viu uma moça de uns 20 anos, sentada atrás de uma mesinha, e que mexia com a boca em movimentos ritmados. Levou um segundo para compreender que a atendente lhe dizia alguma coisa. Corou de vergonha por não ter ouvido. Era um cordial "Boa tarde!", talvez repetido não sabia quantas vezes.

Roseli respondeu, devolvendo o cumprimento. A jovem levantou-se, abandonando o livro que lia e o caderno espiral em que fazia anotações. Estudava, por certo. Ela se apresentou como a responsável daquele dia pela livraria.

Pouco a pouco a conversa foi ficando mais natural. Adivinhando que Roseli era uma marinheira de primeiríssima viagem, a moça explicou-lhe um pouco sobre o funcionamento da casa e falou sobre o acervo da livraria. Quando soube que a visitante viera em busca de *O Livro dos Espíritos*, recomendado por uma amiga distante, a jovem trouxe um livro de aspecto simples, com a gravura de um senhor circunspecto na capa. A atendente explicou que aquele era Allan Kardec, o codificador da doutrina espírita.

A curiosidade de Roseli foi até aguçada, mas era informação demais para um só dia. Ela pegou o livro, pagou, agradeceu a amabilidade da jovem, e já ia saindo, quando veio entrando uma senhora, a quem identificou imediatamente pela verruga no queixo. A anciã também a reconheceu do salão de beleza e disse, com simpatia, que era um prazer recebê-la ali.

Roseli já ia na calçada quando ouviu a senhora chamá-la, acenando com um pedaço de papel na mão.

– Um momento, querida. Esta é uma mensagem muito bonita. Acho que vai gostar. Não deixe de lê-la, por favor.

Sem pedir permissão, a senhora deixou-a escorregar pela fresta do embrulho de papel pardo que continha o livro. Depois, sorrindo enigmaticamente, disse um curto "até breve" e voltou para a loja. Aliviada, como se acabasse de escapar da cova dos leões, Roseli entrou no carro e deu partida no motor. Durante o percurso até sua casa, tentou relaxar, pensando em outras coisas, mas o olhar firme e terno da senhora de verruga no queixo e cabelo preso não lhe saía da cabeça.

Capítulo 26

CONHECENDO O ESPIRITISMO

ROSELI CHEGOU EM casa por volta das 16 horas. Foi direto para a cozinha e tirou da geladeira uma jarra de vidro bojuda, com o resto do refresco do almoço. Colocou o líquido amarelo no maior copo que encontrou e virou tudo de uma vez. Não era só o calor. A emoção lhe secara a garganta.

Refeita, olhou o pacote que repousava na bancada, ao lado da bolsa e do molho de chaves. Ficou parada, esperando alguma reação dele. Nada. Tomou-o, foi para sala e acomodou-se numa poltrona. Rasgou o papel do envoltório, pegou o livro e sopesou-o nas mãos. Ele tinha aquele perfume indescritível de livro novo, de aventura por começar, que só quem é leitor saberia entender.

Roseli folheou o volume ao acaso e viu que era em forma de perguntas e respostas. Foi até o final: 1019 questões! Que esforço enorme deveria ter sido compilar e organizar aquilo tudo, conforme dissera a moça da livraria sobre a natureza do trabalho do professor francês.

De repente, fechou o livro. Veio-lhe à mente a mensagem que a senhora colocara na dobra do embrulho. Levou um susto e olhou ao redor, pensando se já teria amassado o papel ou rasgado. Alívio. Estava tudo sobre o tapete. Abaixou-se e pegou o papelzinho amarelo.

Seu coração enregelou ao ler o título: "Aborto e responsabilidade".

Deixou cair o papel e cobriu os olhos com as mãos abertas. Logo sentiu as palmas úmidas. Como a mulher soubera? Não era possível, com exceção de uma ou outra pessoa da família ou amiga, era um segredo bem guardado. Sentiu-se desnuda. O que era esse espiritismo para que, na primeira vez em que entrara em um centro, seu íntimo era devassado daquela maneira. Devia ser coincidência.

Tomando novamente a mensagem, Roseli começou a leitura. Não era coincidência. O texto falava da gravidade do ato, de responsabilidade em relação ao abortado e a si mesmo. Porém, a partir da metade, eram apenas palavras de consolo e incentivo ao recomeço pela ação, pela caridade, pela doação espiritual ao próximo, em especial às mães e crianças carentes, ou (sentiu uma pontada no peito) pela via da adoção.

A mensagem finalizava com uma frase que ela já ouvira vezes sem conta, mas que agora, sentada no silêncio de casa, arrebentou as comportas de uma angústia represada havia tantos anos: "O amor cobre a multidão dos pecados"[13].

---

13. I Pedro 4:8

Então, chorou. Chorou como nunca havia chorado, porque não mais chorava por sua dor moral. Chorava de agradecimento, de esperança.

Pelo resto da semana, Roseli dividiu seu tempo entre os afazeres domésticos e a leitura daquele livro que, sem mais nem menos, entrara em sua vida. A cada página, ia recebendo informações que, em sua maioria, eram de uma naturalidade quase que desconcertante.

O aborto era veementemente condenado, mas não apenas na perspectiva moral, mas em seus aspectos práticos em relação à vida, em virtude da interferência grave que provocava no planejamento evolutivo dos seres, tanto os que o praticavam quanto os que eram suas vítimas.

Em sua mente, Roseli percebeu que um novo plano de vida começava a se delinear. A adoção pareceu se tornar a palavra de ordem de uma visão renovada de si mesma. Sobre isso, não sabia ainda nem como, nem quando, mas o porquê estava já bastante resolvido em seu íntimo.

E sentiu que havia ainda um passo a dar: teria que conversar com alguém para esclarecer dúvidas e pedir aconselhamento. A figura da mulher de verruga no queixo e coque não lhe saía da cabeça.

NO INÍCIO DA semana seguinte, Roseli precisou sair para fazer compras para a casa. Os armários e a geladeira estavam por um fio. Depois de finalizar uma exaustiva visita ao mercado, ela colocou tudo no carro e parou um instante para retomar o fôlego. De repente, veio-lhe à mente o rosto da senhora do centro espírita, que tão prontamente lhe ofertara a mensagem sobre o aborto.

Conferiu o relógio. Ainda era cedo. Repassou na memória se alguma das compras poderia se perder, caso ela não voltasse imediatamente para casa. Não haveria esse problema. A tarde estava fresca. Era só estacionar numa sombra. Fez meia volta no carro e em uma dezena de minutos já estava junto ao meio-fio, em frente ao centro espírita.

Surpreendeu-se. A porta dupla principal estava aberta. Viu que algumas pessoas circulavam no interior do prédio. Que fazer? Ainda não se achava com coragem para entrar assim, de supetão. Olhou a porta da livraria. Aberta. Estava salva!

Atravessou calmamente a rua e adentrou a lojinha. Deparou-se com a mesma jovem, sentada, absorta em seu estudo. Reparou na capa do livro que lia, e de onde retirava aquilo que anotava no caderno espiral. A foto do austero professor francês também estava lá, mas em outra cor. Não viu o título, mas deduziu ser mais uma obra do codificador.

Aproximou-se da vendedora, que ergueu os olhos e saudou-a com efusão, indagando se estava gostando do livro que havia levado. Roseli começou a falar com entusiasmo, até que, por total falta de fôlego, se viu forçada a parar. Pigarreando levemente, lembrou-se da razão pela qual viera, e perguntou pela senhora da mensagem, incerta se a moça a conheceria.

– Como não? – respondeu a jovem. – Dona Eugênia

é uma das fundadoras da casa, já milita aqui há quase meio século! Ela participa de muitos trabalhos que a gente oferece. Se a senhora quiser, pode falar com ela agora mesmo. Ela adora ficar no salão em dia de reunião fraterna para receber as pessoas.

Roseli lembrou-se vagamente da folha do bloquinho onde anotara os horários e atividades do centro. Havia mesmo um "atendimento fraterno", marcado para as 3 da tarde daquele dia. Mas não imaginava o que seria aquilo. Sentiu-se um pouco apreensiva, subitamente, mas anuiu quase que, no automático, acompanhando a jovem atendente.

O salão era bastante simples. Uma música suave enchia o ar, ombreando com um silêncio que não se saberia explicar de onde vinha. Havia umas oitenta ou cem cadeiras individuais, daquelas que se encontram em quase todas as cozinhas do mundo. O ambiente, pavimentado com cerâmica vermelha, estava fresco.

Na parte da frente do salão, uma mesa ampla, cercada de cadeiras, como que presidia o recinto. No meio da toalha alva que recobria o móvel, alguém depositara uma jarra com flores. Pela disposição e natureza das mesmas, haviam sido colhidas em algum quintal ou jardim naquela mesma tarde.

Umas dez pessoas se aglomeravam num canto, sentadas junto de uma porta lateral, certamente aguardando sua vez para alguma coisa. Roseli e a atendente cruzaram o salão na direção do pequeno grupo. A jovem convidou a visitante a se sentar, entregou-lhe uma senha e se foi, dizendo que aguardasse em prece.

Roseli olhou ao redor mais detidamente. Não havia símbolos, cruzes, imagens, nada. Numa das paredes, havia, sim, o retrato de um homem magrinho, orelhas pronunciadas e bigode, ladeado por uma gravura colorida de um ancião de barba branca e olhar doce. Roseli lembrou-se vagamente de Papai Noel... "Que sacrilégio!", pensou. Anotou mentalmente para, mais tarde, perguntar quem eram aqueles senhores de aparência singular.

Então, observou que as pessoas entravam pela porta e logo saíam. Algumas traziam anotações em uma folha de papel timbrado. Duas delas saíram assim que entraram, portando folhas escritas em papel de carta. Pelo capricho da caligrafia e pelo pouco tempo despendido lá dentro, imaginou que as laudas teriam sido passadas a limpo de algum rascunho. Teve a ideia de que ali parecia um consultório. Ou antessala de uma cartomante.

Um calafrio percorreu sua espinha. Fora ver uma delas, certa vez, em companhia de uma amiga, e sentiu-se envergonhada da inutilidade do tentame. Sem falar que, já na porta, viu a si própria e à mulher engolidas pelas labaredas infernais.

Seus pensamentos foram interrompidos pela chegada de dona Eugênia. Todos já tinham partido. A mulher abraçou-a apertado e a acolheu com tanto carinho que Roseli sentiu uma leveza que por pouco não a levou às lágrimas.

Entraram numa sala pequena, iluminada por uma janela basculante, que dava para o corredor externo. A senhora sentou-se atrás de uma mesinha, sobre a qual Roseli reconheceu o bloco de papel timbrado. Ao lado, havia um livro com a já conhecida foto do professor francês: *O Evangelho segundo o Espiritismo.*

Sua curiosidade foi tão grande quanto seu espanto, mas se controlou. Depois de acomodadas, dona Eugênia foi logo dizendo da alegria em recebê-la, e que já esperava sua visita desde aquele dia em que haviam se encontrado na livraria. E colocou-se à disposição.

Conversaram muito. Vez por outra, a idosa se levantava e olhava lá fora, verificando se alguém mais aguardava. Eram mesmo só elas duas. Então, falou a Roseli sobre amor, esperança, responsabilidade. Respondeu perguntas, esclareceu dúvidas. Lágrimas correram amiúde, dos dois lados da mesinha simples.

Por fim, dona Eugênia disse que havia ao lado de Roseli um espírito, vulto feminino, que dizia ser sua amiga e protetora desde muito. Ela lembrou-se imediatamente da freira jovem do seu sonho-visão, aquela do rosto enigmático. Que disparatada aquela lembrança, pensou.

Mas, a surpresa veio em seguida, quando dona Eugênia descreveu o espírito justamente como sendo uma religiosa, envergando um hábito azul-marinho. Roseli apoiou-se na mesa, com receio de cair da cadeira. Grossas lágrimas rolaram, enquanto considerava quantos mistérios e revelações a vida ainda lhe reservava.

Dona Eugênia deu-lhe, por fim, dois conselhos. Primeiro, que falasse ao marido sobre tudo aquilo, desde o começo. Era uma caminhada longa até ali, e a adoção, caso se concretizasse, não poderia ser feita unilateralmente.

– Além do mais, os benefícios espirituais que agora

sente poderão se estender também aos seus, não é verdade? - observou a senhora.

Em segundo lugar, a veneranda recomendou que viesse àquela casa participar de uma reunião pública, usufruindo dos benefícios da explanação evangélica e da fluidoterapia. O termo era novo para Roseli, mas a senhora explicou que era simplesmente a aplicação de passes energéticos.

Dona Eugênia levantou-se e abraçou Roseli, pedindo que não deixasse de voltar e que a contatasse sempre que preciso fosse. Abaixou-se sobre a mesa e colocou numa folha do bloco timbrado seu endereço e telefone.

- Venha sempre - falou a senhora com doçura, mas quase ordenando.

Puxando-a pelo braço, levou Roseli à livraria, pegou um exemplar do Evangelho que tinha sobre sua mesinha e entregou-lhe, dizendo que seria, para ela, o maior repositório de consolações que jamais imaginara.

Roseli abriu a bolsa em busca da carteira, mas a senhora asseverou que aquele seria um presente de boas-vindas. Faces afogueadas, sem nem mesmo esperar que fosse embrulhado, ela agarrou-se ao volume. Despediu-se com gratidão de dona Eugênia e da jovem vendedora. Ambas acenaram, enquanto ela cruzava a rua.

Mal sentia o chão. Entrou no carro e sentiu o cheiro de frutas frescas. Lembrou-se das compras que entupiam o banco traseiro. Permitiu-se esquecer de tudo e olhar para si mesma.

- Que paz é essa...?

Quis chorar, mas a felicidade era tão grande que não

precisou do pranto. Sem olhar o relógio, dirigiu de volta ao lar.

Chegando em casa, dedicou-se primeiro a guardar e acondicionar as compras nos devidos lugares. Enquanto isso, os eventos da tarde revoluteavam em sua cabeça, tomando ângulos e perspectivas diversas a cada momento, dependendo de como os encarava.

Terminada sua tarefa, subiu até o quarto e se estirou na cama. Contemplou seu novo livro: *O Evangelho segundo o Espiritismo.* Aquilo era muito sério, considerou. Se abrisse aquelas páginas e se entregasse à leitura, seria definitivamente um caminho sem volta. Fechou os olhos e abriu ao acaso: "Amai os vossos inimigos".[14]

Percorreu as linhas, admirada com os ensinamentos a respeito de passagem tão contundente deixada por Jesus. Nunca a imaginara explicada por aquele viés. Sentiu-se intrigada, ao final.

– Por que abri justamente nesta lição? Que inimigos tenho?

Francamente, não se lembrava de ninguém. Havia, claro, uma ou outra pessoa com quem não se harmonizava inteiramente, mas não eram, de fato, seus inimigos. Guardou no coração as palavras, segura de que encontraria para elas um significado mais adequado no futuro. Sem poder evitar, cerrou novamente as pálpebras pesadas, desta vez para uma soneca reparadora.

14. Capítulo 12

Capítulo 27

Filhos do coração

O SÁBADO AMANHECEU ensolarado, cortado de quando em vez por uma brisa amanhecida que parecia anunciar chuva para mais tarde. Mas não por agora. O céu, de um azul profundo, tingia-se de flocos brancos que se moviam rápidos. Por vezes, escondiam o sol por detrás de sua cabeleira de algodão, mas o teimoso monarca logo voltava a espiar seu reino, com olhos faiscantes.

Bem cedo, a irmã de Roseli e o esposo buzinaram lá fora. As crianças mal haviam terminado o desjejum e acabado de colocar as coisas na mochila. A família dirigiu-se à calçada. A confusão era geral, naturalmente.

Depois de se cumprimentarem, Roseli olhou de soslaio a irmã e o cunhado. Realmente os amava. Por ser mais nova, a irmã era pouco mais que uma adolescente quando Roseli e Jorge se mudaram para o Canadá. Fora contra o aborto o tempo todo, mas jamais a condenara. Apoiara-a como irmã, ainda que repudiasse sua decisão. O futuro cunhado só soubera mais tarde. Ficara atônito, dizendo apenas que o passado pertencia a si mesmo e que fossem adiante.

Com o corpo meio engolido pelo veículo, ajeitando as cinco crianças no banco traseiro, Roseli sorria. Finda a batalha entre os cintos de segurança e as dez perninhas irrequietas, o cunhado ligou o carro e todos gritaram adeuses, jogaram beijos e lá foi rumo ao clube o "expresso da alegria", como a irmã o chamava.

Do alpendre, com uma xícara na mão, Jorge acenou rapidamente em despedida. Quando o veículo sumiu na esquina, motor reclamando do peso, Roseli voltou para dentro com o marido. Então, o cronômetro do "dia D" começou seu tique-taque. Sim, porque ela decidira que iria aproveitar a casa vazia e o dia de folga para conversarem.

Jorge bebeu o resto do café e proclamou solenemente:

- Vou lavar o carro, que ficou imundo, depois da última chuva.

Ele se afastou, compenetrado, e ela riu do exagero. Não havia nenhuma rua de terra no caminho que Jorge percorria diariamente para qualquer destino possível em sua rotina. No máximo, haveria respingos de água suja na pintura, oriundos de alguma poça perdida no asfalto.

Divertida, Roseli quedou pensando que as pessoas deveriam se entender mais e condenar menos as idiossincrasias alheias. Olhou o relógio da sala, fez um muxoxo e virou o rosto. Um dia ainda mudaria aquele déspota (não esclarecido!) para outro lugar. Faria uma revolução e tomaria de volta as rédeas de sua vida. E viva a democracia doméstica!

Na frente da casa, *short* e camiseta já totalmente ensopados dos poucos minutos dedicados ao intenso labor (Ah, os homens...), Jorge lutava com uma estopa ensaboada. Roseli podia jurar que havia mais água em cima dele do que no carro, que jazia obediente na rampa da garagem.

Roseli sentou-se à sombra, em um banco de cimento, e conjecturou por onde e como começar. Então, de chofre, na esteira do bom humor singular que a dominava, disparou simplesmente:

– Querido, há quantos anos não falamos em adoção?

Jorge estacou e olhou para ela como se visse um fantasma. Fora pego completamente desprevenido. Tinha vivo na memória como ela ficara da última vez em que conversaram sobre o assunto. Foram precisos vários dias para que a vida conjugal voltasse à normalidade.

Com uma tranquilidade que nenhum dos dois, muito menos ela, podia explicar, Roseli relatou que, em virtude de determinados acontecimentos recentes, a adoção andava rondando seus pensamentos. Jorge fechou a água, deixou cair a estopa no balde e foi se sentar ao lado da esposa.

Enquanto o sabão secava na lataria, completamente esquecido, os dois conversaram por longo tempo. Roseli não escondeu nada. Contou do sonho, da correspondência com Emily, das duas visitas ao centro espírita, dos livros do professor Kardec. Mas, acima de tudo, falou de transformação, de renovação de atitudes e de pontos de vista julgados intransponíveis em relação ao aborto e à vida. Lágrimas corriam tranquilas. Ela se perguntou quantas vezes vira o esposo chorar. Os dedos de uma das mãos seriam suficientes para contá-las.

Por fim, foi a vez de Jorge. Falou de coisas que dormiam em seu interior. Falou que ela se fechara para ele e para a vida e que agora renascia, que proporcionava a si mesma uma nova chance de viver, pela primeira vez, desde que o segundo filho nascera.

Disse que ela parecia, agora, sentada junto dele, na sombra do jardim, aquela mesma jovem cheia de planos para a vida com quem se casara. E que notara a mudança na esposa, mas não se atrevera a comentar o fato, temeroso de que o efeito fosse o inverso. Ao invés de estimulá-la, poderia tolhê-la.

Quanto ao espiritismo, ponderou que, apesar do inusitado, estaria disposto a conhecê-lo e tentar compreender a transformação que seus preceitos causaram nela. De fato, ele já havia visto um livro, que ela esquecera por duas vezes em cima da mesinha da sala.

Roseli chorava. Como era possível que ele a conhecesse a tal ponto? Fechara-se, encarquilhada por dentro, aguardando apaticamente por uma solução que nunca viera, pelo simples fato de que não lhe saíra ao encalço. E pior, constatou que fora responsável, em grande medida, por tornar o marido aquele ser distante, enclausurado, que ela mesma trancara à chave.

Silêncio. Não havia mais nada a ser dito. Sorriram, um sorriso de cumplicidade e compreensão. De alívio.

Jorge olhou para o carro, revestido por uma psicodélica crosta de sabão. Coçou a orelha, mas deu uma risada alta, enquanto meneava a cabeça. Abriu a torneira da mangueira, e iniciou a remoção cirúrgica da espuma cristalizada.

– É melhor caprichar na cera – provocou Roseli, voltando para dentro de casa.

O sol já se punha quando chegaram as crianças. O expresso da alegria subiu a rua buzinando de maneira ritmada. Os pais desceram para receber os passageiros ilustres, com direito a abraços e palavras de incredulidade ante a vermelhidão dos petizes. O sol lhes causticara a pele.

Como pimentões ambulantes, correram sem camisa para dentro de casa. No banco de trás, dois dos primos já cochilavam de exaustão. O menorzinho dormia a sono solto nos braços da mãe, sentada no banco do passageiro.

De pé, na calçada, Roseli olhou o quadro de ternura dentro do carro e sentiu um calor conhecido no coração, daqueles que só as mães sentem ao aconchegarem ao seio um filho pequeno. Estendeu a mão e acariciou os cabelos do sobrinho, olhos umedecidos. O cunhado estava ao volante. A irmã, sempre arguta, fitou-a demoradamente. Compreendiam-se. Jorge passou-lhe o braço por sobre os ombros e ficaram os quatro em silêncio.

– Logo, eu e Jorge teremos uma notícia maravilhosa para vocês – anunciou Roseli.

Foi a vez de os olhos da irmã se encherem de lágrimas. O cunhado sorriu de leve. Despediram-se com carinho.

Já dentro de casa, os gritos e risadas dos garotos trouxeram os pais de volta à realidade. Jorge subiu para supervisionar o restante do banho e assegurar que o banheiro ficasse inteiro, terminada a peleja. Roseli preparou sanduíches de mortadela e uma jarra de refresco de groselha. Observou os quatro pratinhos dispostos sobre a toalha xadrez da mesa da copa e sentiu uma inspiração súbita.

Abrindo o armário, tomou de um pratinho a mais, um guardanapo dobrado e uma caneca colorida. Com esmero, reorganizou tudo, seguindo a sequência de lugares. Sentou-se e esperou.

Logo a tropa desceu ruidosamente as escadas, enchendo a cozinha com o aroma delicioso da loção hidratante. O marido certamente já cuidara das costas e carinhas dos pequenos camarões. A família tomou seus lugares e atacou a comida. Roseli aguardou, enquanto repassava a travessa abarrotada e colocava a maionese na frente dos comilões.

O quinto lugar continuava sem ser notado. De repente, o mais velho, com a sensibilidade que lhe era peculiar, perguntou:

– A gente está esperando mais alguém?

Os sanduíches pararam no ar, as bocas ficaram abertas, as respirações suspensas. O marido virou-se para ela e arqueou as sobrancelhas. Ela deu um sorrisinho.

– Não sei... – respondeu, insinuante.

Foi o suficiente. As crianças se agitaram e puseram-se a falar ao mesmo tempo, querendo saber quem seria o visitante. Ela se esquivava, com gracejos. O pai mastigava, rindo entre uma mordida e outra. Não sabia de nada, garantiu. Foi então que ela lançou a semente.

– Meninos! E se viesse mais um irmãozinho ou irmãzinha para comer com vocês?

Silêncio. Os garotos se olharam. Desta vez, foi o mais novo quem falou:

- Mamãe, por acaso tem mais um irmãozinho na sua barriga? Um colega da minha classe ganhou uma irmã essa semana. A mãe dele trouxe ela do hospital. Tirou da barriga.

Jorge, tomando a palavra, explicou com simplicidade que aquela não era a única forma de se ter filhos. E explicou o que era a adoção. Falou de filhos que, às vezes, ficam sem sua família e que são acolhidos por outra. Rostinhos sérios, os pequenos prestavam atenção. Perceberam que tinham chegado à parte importante do assunto.

Por um bom tempo ficaram ainda conversando e mastigando, até que chegou a hora de "encerrar o expediente", falou a mãe. Na hora de colocar os filhos na cama, Roseli fez a prece com eles.

- Santo anjo do Senhor, meu zeloso guardador...

Quando ia saindo do quarto, eles perguntaram:

- Como é isso, mãe? A gente vai poder ajudar a escolher nosso novo irmão?

Roseli sorriu e respondeu que achava que todos ali teriam pouca participação naquela parte do processo, pois Deus se encarregaria de mexer os pauzinhos lá em cima. Que tivessem confiança. Beijou os garotos novamente, apagou a luz e foi se deitar.

Capítulo 28

LAÇOS FAMILIARES

COM O PASSAR dos dias, o casal foi amadurecendo a ideia, mas sem afobação. Não queriam tomar uma decisão que fosse impensada. Roseli se lembrou muito de Eugênia, do centro espírita. Queria falar-lhe, aconselhar--se com ela, mas o marido assegurou que não abriria mão de participar de tudo. Queria estar presente. Roseli concordou, agradecida.

À noite, terminado o jantar, discutiram qual seria o melhor dia para irem a uma das reuniões públicas do centro. Jorge estava meio reticente, mas acabou cedendo.

– Então, está combinado. Amanhã. Vou procurar não me atrasar. Sairei do banco um pouco mais cedo. Antes, levaremos as crianças para a casa da sua irmã. Na volta, passaremos para pegá-las. Essa reunião deles não deve terminar tão tarde, eu acho...

E assim foi. Na noite seguinte, meia hora antes da hora marcada, eles estacionaram em frente ao centro e cruzaram a rua. Havia muitos carros espalhados pelo quarteirão. Tinha sido uma sorte encontrar aquela vaga. Alguém deveria ter saído havia pouco, deixando-a desocupada.

Chegaram à entrada principal e, claro, Eugênia veio abraçá-los. Jorge estava um pouco sem jeito, mas, ao mesmo tempo, estranhamente à vontade.

Havia já no salão cerca de quarenta pessoas sentadas. A música suave, que vinha da vitrola, convidava todos ao silêncio e à meditação. O casal acomodou-se e a senhora se desculpou, voltando para a tarefa de recepcionar os que iam chegando.

Às 8 em ponto, casa cheia, um homem já na casa dos 60 anos, magro e alto, cabelos grisalhos elegantemente penteados de lado, deu as boas-vindas a todos e exortou-os à prece inicial, que proferiu após uma jovem ter feito a leitura de uma lição de *O Evangelho segundo o Espiritismo* (Roseli o reconheceu pela cor da capa). O tópico foi "Perdão das ofensas".

Depois de alguns avisos, o homem anunciou o palestrante da noite, que viera de uma cidade próxima. O tema seria "Família". O orador era um rapazote, mas passava grande segurança na sua locução. Com minúcia, mas com agilidade e leveza, falou em torno de uma hora sobre o que chamou de "cadinho da evolução". O público presente ficou eletrizado.

Ao final, Roseli e Jorge quase bateram palmas, mas perceberam em tempo que todos estavam compenetrados, em poderoso silêncio.

O jovem orador sentou-se, o senhor grisalho agradeceu-o e convidou a assembleia à prece de encerramento daquela parte da reunião, que seria seguida do passe.

Sem se virar, Jorge apertou a mão da esposa, um pouco apreensivo. Ela apertou de volta como que dizendo: "calma, aguentemos firmes".

As luzes foram diminuídas, a música retornou ao ambiente, e as pessoas iam sendo conduzidas ordeiramente a uma sala menor, nos fundos do salão, por onde se entrava por uma porta e saía-se por outra.

Logo chegou a vez do casal visitante. Após a doação de energias, feitas pela imposição de mãos de alguns trabalhadores, cada um recebeu, à saída, um copinho com água. Roseli considerou que seria como água benta, mas, no espiritismo, deveria ter outro nome, certamente. Ou não? Depois perguntaria.

Após o encerramento, Eugênia veio ter com eles e quis saber o que tinham achado da reunião. Ambos responderam, com sinceridade, que haviam gostado muito. A idosa sorriu satisfeita e foi logo dizendo que queria apresentar-lhes uma pessoa. Deu de costas e voltou com uma moça de aparência jovial, mas cujos olhos denotavam profunda maturidade interior.

– Esta é Jaqueline, diretora do Orfanato São José[15], aqui da cidade. É uma instituição mantida pela Prefeitura, em convênio com nosso centro e também com a Paróquia São João Batista.

O casal entreolhou-se, surpreso. Jaqueline entregou-lhes um cartão e falou:

---

15. De acordo com as novas políticas de assistência social no País, os antigos orfanatos e internatos são hoje denominados **Abrigos**, instituições vinculadas ao poder público, às quais são encaminhadas, por decisão da Vara de Infância, crianças que estejam sob situação de risco no próprio lar. **Nota do revisor.**

- Sintam-se à vontade para nos visitar no fim de semana. Diversas pessoas da comunidade, ocupadas de segunda a sexta, vêm ficar um pouco com crianças sem família. Alguns são amigos, outros são benfeitores em diversas áreas da saúde e do ensino. Muitos são "padrinhos" e "madrinhas" das crianças - fez uma pausa. - É também o melhor momento de sentir o ambiente, à procura de algum coraçãozinho a quem se possa oferecer um lar permanente.

Roseli e Jorge se comoveram e, agradecidos, prometeram uma visita. Jaqueline cumprimentou-os e partiu com dona Eugênia. Ficaram os dois sozinhos, de mãos dadas. Foram se encaminhando para a saída, a passos leves, coração palpitante.

Ao entrarem no carro, Jorge não aguentou. Encostado ao volante, deixou que o pranto lavasse sua alma. Roseli, compreensiva, passava-lhe os dedos pelos cabelos cheios, onde os primeiros fios brancos já há muito haviam despontado. Ela mesma enxugava os olhos, de quando em vez.

Logo estavam a caminho de casa. Se tivessem olhado para trás, teriam visto dona Eugênia que, da porta do centro, elevou por eles uma prece silenciosa, olhos marejados. Ao lado dela, sem ser vista pelos demais, a benfeitora espiritual, em hábito azul marinho, chorava com um sorriso nos lábios. A senhora olhou-a e retomou a conversa com os últimos membros a deixarem a casa e que, naquele momento, trancavam a porta dupla de vidro batido.

Capítulo 29

VISITA AO ORFANATO

A TÃO ESPERADA manhã de sábado acabou chegando. Todos na casa pularam da cama com uma presteza jamais imaginada para o dia mais preguiçoso da semana. Nenhuma viagem ou programa de diversão já havia provocado neles semelhante reação.

Antes de tomarem o rumo do Orfanato São José, pararam no mercado. Jaqueline, a dirigente da instituição, havia dito, na outra noite, que as crianças de lá viviam basicamente de doações, já que o dinheiro repassado pela Prefeitura mal dava para manter as instalações em condições adequadas de higiene e segurança. A família encheu um carrinho com o que julgaram ser de maior urgência no dia a dia de um aprisco tão grande de ovelhinhas desgarradas.

O orfanato ficava do outro lado da cidade, numa rua residencial de um bairro afastado. Eram dois prédios retangulares, um atrás do outro, formados de térreo e primeiro andar. Segundo saberiam mais tarde, o da frente abrigava os meninos e o dos fundos, as meninas. As janelas basculantes enfileiradas no andar superior indicavam onde seriam os quartos.

No térreo, janelas grandes de correr, fechadas naquele dia, deveriam esconder salas de aula ou a administração do local. Os pavilhões ficavam em uma faixa larga de arbustos e de árvores altas, uma mistura de jardim e pomar. No meio da área livre, alguns brinquedos a céu aberto faziam a alegria da criançada nos momentos de lazer. Num canto do terreno, erguia-se uma capela, com um cruzeiro em frente. Pelo estilo arquitetônico, era mais antiga do que os outros prédios.

Na guarita de entrada, um senhor acolheu-os com um sorriso, enquanto pedia documentos de identificação. Os pais ficaram embaraçados. Os deles estavam ali, mas não tinham com eles as certidões de nascimento dos filhos.

O homem sorriu novamente e perguntou se era a primeira vez deles. Ante a resposta afirmativa, ele disse que não haveria problema. Pelo interfone, chamou alguém para recebê-los e mostrar o lugar.

Surpresos, não avistaram Jaqueline, a jovem diretora que conheceram no centro, mas uma freira. À medida que a religiosa se aproximava, Roseli olhou o hábito azul-marinho e sentiu uma vaga sensação de familiaridade. A simpática Irmã Ana, de uns 50 e poucos anos, cumprimentou-os com genuína satisfação e convidou-os a entrar.

Com um gesto, indicou ao porteiro que providenciasse um destino para as sacolas de papel que aguardavam ao lado do automóvel. Solícita, explicou que eles eram os primeiros visitantes do dia, e que a maioria vinha na parte da tarde, quando as crianças dali estavam de folga.

Ante o olhar de interrogação do casal, a religiosa chamou a atenção para o silêncio do local. Só então notaram que não havia nenhuma criança nas redondezas. É que àquela hora, esclareceu Irmã Ana, estavam todos no galpão do fundo, na aula de Evangelização.

Foram contornando os pavilhões. Pouco a pouco o marulho das vozes infantis se transformou em conversa animada, mas sem algazarra.

Na parte dos fundos, havia um coberto amplo, cercado por uma mureta de cimento. Em seu interior havia umas duzentas alminhas, idades variando desde a mais tenra até a adolescência. Os maiores estavam divididos em grupos. Aqueles bem pequenos, que representavam talvez um terço do total, faziam atividades de pintar e escrever em uma área mais reservada, sentados em cadeirinhas infantis, junto a mesinhas baixas. Algumas moças e rapazes em roupas comuns e uma jovem freira circulavam entre eles, supervisionando tudo.

De repente, Roseli viu seus garotos saírem correndo. Em instantes, estavam serpenteando entre os grupos de estudo. Um rapaz que ensinava as crianças na faixa etária deles acenou para os pais, tranquilizando-os, enquanto puxava dois tamboretes e acomodava os pequenos visitantes, que já conversavam animados com as outras crianças.

Aproveitando a oportunidade, a Irmã Ana virou-se para o casal e sorriu:

– Vocês me desculpem pela intromissão que estou prestes a fazer, mas não há dúvida de que só podem ser os pais em busca de um pequenino para adoção. Todos aqui já sabem. Estávamos esperando a sua chegada.

O casal trocou um olhar, surpreso, mas entenderam que Jaqueline devia ter falado com a Irmã Ana a respeito deles.

– Desculpe, mas como a senhora sabe que nós... somos nós? É tão visível assim? – perguntou Roseli, encabulada.

Irmã Ana suspirou:

– Eu acalento o sonho de que, um dia, o número de casais candidatos à adoção seja tão elevado, a ponto de causar grande tumulto na chegada. Não me incomodaria com a confusão, com os pais disputando entre si a felicidade de adotar uma de nossas crianças... Acreditem, quando aparece alguém, a gente percebe na hora.

Sorrindo de satisfação, a religiosa puxou os dois pelo braço e, caminhando entre eles, foi relatando um pouco da história da casa.

Aquele orfanato havia sido fundado, havia meio século, por um grupo de cidadãos abnegados da Paróquia São João Batista, a mesma que o apoiava até hoje, liderados pelo então bispo da diocese da região. Vários irmãos leigos e religiosos, especialmente da congregação dela, se dedicaram à manutenção e à administração do local por largos anos.

Somente bem mais tarde, na década de 1960, em virtude da dimensão que o trabalho adquirira na região, transformaram o local de instituição confessional católica em uma sociedade assistencial laica. Conseguiram, assim, fazer um grande convênio com a prefeitura da cidade, abrindo as portas para parcerias também com outros segmentos religiosos.

Como parte daquela renovação, a administração municipal construíra, então, aqueles dois prédios mais modernos, substituindo as antigas instalações que por mais de três décadas haviam abrigado e amparado as crianças.

Hoje, vários segmentos da sociedade e do poder público trabalhavam juntos pelos pequenos órfãos. Afinal – Irmã Ana piscou um olho –, caridade e amor não têm endereço fixo, nem religião. Roseli e Jorge concordaram com a cabeça.

Chegaram, finalmente, ao escritório, que ficava no térreo do pavilhão da frente. A irmã convidou-os a se sentarem em duas poltronas antigas, de couro bege claro, que se situavam na órbita de um tapete redondo, de cor vermelha, já um tanto desbotado.

A religiosa puxou uma cadeira de espaldar alto e se sentou perto dos visitantes. E falou de adoção, de responsabilidade, de amor, de leis humanas e divinas. E perguntou, enfim, se tinham ideia da idade, da cor, do sexo, enfim, das características do adotado. Roseli respondeu, com um nó na garganta, que nada importava, desde que fosse ainda de colo, pois ela havia... e calou-se, lívida, engolindo o choro.

A Irmã Ana estendeu os braços e tomou-lhe as mãos frias e trêmulas. Sem dizer uma palavra, apenas encarou o casal fixamente, com uma firmeza que dizia tudo. Ela sabia, claro. Quantas vezes já lidara com aquela mesma situação, de pais procurando a bênção da reparação?

O telefone tocou providencialmente. A irmã se levantou e foi até a mesa atender a chamada. Enquanto resolvia algo sobre uma excursão qualquer, Roseli teve tempo de olhar mais detidamente o escritório, o que a fez relaxar um pouco.

Por entre armários embutidos de madeira e uma estante com portas de vidro corrediças, foi notando a combinação singular no mobiliário. Algumas peças, ela podia jurar que datavam dos primeiros anos do orfanato, em especial o grande birô de madeira escura lavrada, cuidadosamente conservado.

Finda a ligação, a irmã devolveu o fone ao gancho e convidou-os, sorridente, para visitarem o berçário. Os dois ficaram imóveis, como que costurados aos assentos. Compreendendo a hesitação deles, a freira aguardou mais alguns segundos e reforçou o convite apenas com um gesto firme.

Como se tivessem ensaiado, o casal levantou-se de um salto. Foi então que Roseli notou um quadro que lhe escapara ao exame. Ele mostrava uma freira bastante idosa, que havia sido pintada apenas do tronco para cima. O hábito azul era o mesmo, teve certeza, mas numa versão mais antiga.

De repente, Roseli franziu as sobrancelhas e tombou ligeiramente a cabeça, como que para ver melhor o quadro. Aquele olhar doce, encimando lábios finos, curvados em um meio sorriso. Já os vira em algum lugar, mas onde? Pelo estado do retrato, aquela religiosa já estaria falecida há tempo.

Sentiu um aperto no peito e uma leve tontura. Sacudiu para longe aquelas estranhas reflexões e, já na porta, perguntou à Irmã Ana quem era aquela da foto na parede.

- Ah, essa é Madre Cenira, um anjo do céu em nossa casa. Era da minha congregação.

E explicou que a religiosa liderara o projeto do orfanato desde o início e que para ali se mudara no final da década de 1920, vinda de um colégio, para cuidar do local. Tornou-se uma servidora bem-amada dos pequenos, respeitada pela comunidade por sua dedicação e humildade. Jamais partiu, tendo aplicado à lide no orfanato o restante de sua longa vida.

- O mais incrível foi o chamado de Deus em sua vida - encerrou Irmã Ana. - Antes de vir para cá, nunca havia trabalhado na área assistencial. Era professora em um colégio da nossa congregação, numa cidade aqui perto.

Já haviam deixado o escritório para trás e andavam pelo corredor. Subitamente, Roseli soltou um grito abafado e apoiou-se no marido para não desfalecer. Respirando de maneira entrecortada, juntou forças e voltou apressada ao escritório. Abriu a porta de um golpe e mirou o retrato pendurado na parede. Era ela! Era a freira do seu sonho-revelação, a dos olhos bondosos e enigmáticos. Estava mais velha, mas não havia dúvida.

Deixou-se cair numa poltrona e tentou colocar alguma ordem nos pensamentos. O marido e a religiosa não entendiam nada. Ela não parava de encarar o quadro, com os olhos arregalados.

Que implicações teria o fato de conhecer seu passado? Roseli pensou em como seria poder ir à cidade vizinha e escrutinar os fatos relativos a seu próprio suicídio, quando se atirara nas águas do rio, décadas antes. Jornais, arquivos policiais, o que encontraria?

Porém, uma voz interior lhe sussurrou ao coração que isso não seria possível. Que a Providência lhe dava esta chance de espreitar o passado, levantando-lhe apenas uma ponta do véu. Mas, que o resto teria sido sabiamente apagado. Sua antiga família não estaria mais na região, e não haveria descendentes que pudessem rememorar uma história já perdida no tempo.

Para eliminar a lembrança do caso, abafando-o, provas documentais haviam sido apagadas. Jornais? Se não houvesse uma indiscrição das autoridades que investigaram o ocorrido, talvez as informações tivessem ficado acobertadas discretamente. Ela teve certeza que visitaria a cidade, um dia, para rever o colégio (ainda estaria lá?) e a ponte fatídica.

No entanto, seu coração lhe segredava (era grata por isso), nada mais encontraria. No mais, ponderou, qual seria a utilidade de mergulhar com tantos detalhes em vidas pregressas? Seria apenas uma tremenda dor de cabeça!

Um pouco mais recuperada, encarou o marido e depois a irmã. Tranquilizou-os, dizendo que havia sido apenas uma lembrança trágica da infância, algo que estivera esquecido por longo tempo. O marido (ela o conhecia muito bem) acreditou.

Roseli tomou a decisão de guardar consigo para sempre aquela revelação. Talvez um dia mudasse de ideia, mas não naquele dia, não ali.

Certificando-se de que tudo estava bem outra vez, Irmã Ana convidou-os a prosseguirem com a visita.

O berçário ficava no andar de baixo do pavilhão dos fundos. Para preservá-lo do barulho da rua, esclareceu a freira. Roseli considerou por um instante quem faria mais barulho, se uns poucos carros esparsos em uma zona residencial, ou duas centenas de crianças. Sorriu da dúvida.

O acesso ao local dos bebês era feito por um corredor curto que desembocava em uma antessala, cujas paredes eram revestidas de imagens pintadas com flores e bichinhos de histórias infantis. Numa mesinha de canto, uma freira jovem (talvez ainda noviça, pelo hábito diferente) preenchia algumas fichas. Ela ergueu a cabeça, cumprimentou a todos com um largo sorriso, voltando em seguida para sua ocupação.

Por uma grande abertura envidraçada, enxergava-se um salão, também decorado com motivos infantis, no qual havia vinte bercinhos, organizados em duas fileiras. Numa bancada que seguia ao longo de toda a parede do fundo, uma senhora de touca e uniforme brancos trocava uma fralda. Por estar de costas, só se deduzia o que estava fazendo quando se via um par de perninhas que dançavam no ar, celebrando um instante de liberdade.

Enquanto entravam no berçário, propriamente dito, Irmã Ana explicou que os bebês ali eram todos para adoção. Dois deles – indicou um menino e uma menina – estavam em processo final de conhecer suas famílias candidatas. Ao que tudo indicava, logo se mudariam para os novos lares.

Roseli e Jorge estavam sem fala. Havia no lugar uma atmosfera de carinho, mas tingida de certa melancolia, reforçada pelo misto de ruídos infantis. Era um choro aqui, outro ali, e ronronados e fragmentos de sílabas bastante eloquentes, e que não deixavam dúvida de que eles discutiam entre si assuntos de grande importância. Algumas crianças, já maiores, estavam de pé nos berços e olhavam com curiosidade aqueles adultos enormes que adentravam o local. Muitos cochilavam, especialmente os mais tenros.

Olhos curiosos, o casal circulava à vontade, contemplando os pequeninos e fazendo gracejos com um ou outro. Numa parte do berçário, duas enfermeiras finalizavam a preparação de uma larga bandeja com mamadeiras. Àquela hora da manhã, a criançada já deveria estar ansiosa por uma boquinha.

A religiosa ia apresentando cada um, em rápidas pinceladas. Os nomes estavam escritos em plaquinhas azuis ou cor de rosa, ajudando a identificar o sexo dos bebês. Entre os mais pequenos, alguns dormiam placidamente, outros perscrutavam o ambiente com os olhinhos vivos.

Puderam notar que nem todos gozavam ainda de uma aparência totalmente saudável. A irmã elucidou que devido à procedência diversa, as condições em que chegavam quase sempre não eram das melhores. E alguns só estavam ali temporariamente, para se recuperarem, antes de serem transferidos para outra instituição de acolhimento.

Roseli olhava a todos com um misto de simpatia e tristeza. Como poderia uma mãe abandonar um filho pequeno, entregando-se a tal atitude perante Deus e a própria consciência? Mas isso era hoje, uma eternidade depois que ela mesma tivera sua parcela de erro para amargar naquela existência.

No meio da segunda fileira, pararam ao lado do berço de um bebê de talvez cinco ou seis meses, que dormia. Estava magro, as bochechas ligeiramente encovadas. Tinha a pele de um moreno acentuado, como se houvesse alguém de sangue negro em sua ascendência. O rostinho era comprido e as mãozinhas, apesar de fechadas, deixavam entrever dedinhos longos e fortes. O cabelo liso abundante havia sido penteado mais cedo por alguma das assistentes, mas metade dele se arrepiara, fazendo contraste com o fundo verde-claro do travesseiro.

Roseli estacou e sentiu um aperto no coração. Não vira ainda os olhinhos da criança, mas teve a impressão de que suas feições lhe lembravam alguém. Não, não era só fisicamente, era algo diferente. Perguntou à irmã se poderia tocar nos bebês.

Surpresa consigo mesma, como se houvera se esquecido de dizer alguma coisa muito importante, Irmã Ana anuiu com veemência. Roseli achegou-se mais ao berço e, com extrema delicadeza, tentou alisar a parte eriçada da cabeleira do pequeno. Ele remexeu-se e abriu os olhinhos negros, fitando-a. Ela estremeceu.

Sentimentos que não soube identificar agitaram-lhe

o peito. Virou-se para a religiosa e perguntou se aquele bebê já estava sendo visitado por alguma família. A outra balançou a cabeça numa negativa e ajuntou que ele chegara ali havia poucos dias. Fora encontrado muito fraco, com fome e sede, já rouco de tanto chorar, por vizinhos de uma mulher jovem, mãe solteira, que morava em um lote com barracões de aluguel.

A moça levava uma vida difícil, dizia-se que ligada à prostituição. Bebia em excesso e não passava muito tempo em casa. Na noite anterior ao dia em que os outros moradores resgataram o bebê, chegara em casa aos gritos com um homem embriagado. Depois que ele partiu, ela trancou todas as portas e janelas, apagou as luzes e tomou uma dose letal de comprimidos para dormir. Os vizinhos arrombaram a porta no dia seguinte, após chamarem por ela até se cansarem, aflitos que estavam com o choro ininterrupto da criança.

A polícia foi chamada, o corpo levado ao necrotério, e o menino trazido para o orfanato. A infeliz mãe não tinha família na cidade, pois viera de outro Estado, ainda adolescente, de uma biboca, como ela mesma dizia. A menos que houvesse algum contato com eventuais parentes, o que a polícia tentara sem sucesso, o futuro da criança agora repousava nas mãos de algum lar caridoso.

O casal se entreolhou. Não havia mais necessidade de continuar as apresentações. Estava escolhido o bebê. Irmã Ana, sem surpresa, entendeu que era mais uma das ocasiões que testemunhara tantas vezes, nas quais Deus e a criança escolhiam por si mesmos.

Capítulo 30

Nos braços meus

ANATOLE, O PEQUENO órfão, cativou a todos desde aquele primeiro encontro. A família ia ver com regularidade o menino que já consideravam seu novo membro. Os garotos disputavam quem primeiro iria segurar o irmãozinho, quando chegassem ao orfanato, anotando mentalmente quem o fizera da última vez. A aceitação deles fora instantânea, quando foram chamados ao berçário. Já ali, no contato inicial com o bebê, os rostinhos luminosos se debruçaram sobre o berço com um sorriso diferente.

Em pouco tempo, Roseli e Jorge obtiveram permissão de levar o bebê para casa para passar o final de semana. Foram dias de alegria indescritível. Tudo tivera que ser arrumado a contento: o berço, colocado no quarto do casal, o enxovalzinho com roupinhas variadas, montanhas de fraldas, lavadas e passadas com capricho, e um carrinho, para passearem no jardim e no quintal.

Enquanto as visitas domésticas iam se sucedendo, a papelada entrou na tramitação final.

Certa manhã, Roseli estava mergulhada dentro do guarda-roupa do quarto do casal, completamente revirado, coletando roupas antigas para uma campanha do centro espírita, e aproveitando para liberar espaço para as coisas de Anatole, que logo se mudaria para lá em definitivo.

O telefone tocou alto e quase a matou de susto. Atendeu, esbaforida. Era Jaqueline, diretora do orfanato. Ela acompanhava todo o processo de adoção com interesse especial, talvez em virtude de alguma recomendação de dona Eugênia.

Apesar da calma que procurava passar na voz, estava visivelmente emocionada. Com solenidade, anunciou que a documentação acabava de ser despachada de volta para o orfanato. Estava tudo aprovado. Poderiam ir assinar tudo e buscar o filho a partir daquela data. Despediu-se com a fala embargada e desligou.

Do lado de cá, Roseli pousou o fone e a emoção tomou conta de seu coração materno. Imóvel, contemplando o dia pela janela aberta, ela se esqueceu da bagunça que a circundava. Olhou o jardim e viu algumas rosas, ainda na sombra da casa, e que apontavam para cima em seu esplendor. A grama estava verdejante e fora aparada especialmente para receber o filho. Até o mundo estava em festa.

Pensou no Natal que se aproximava. Como seria especial naquele ano. Um novo filho chegava em um lar onde ela pensou estivesse irremediavelmente interrompido o fluxo da vida. Virou-se para o quarto revirado, bateu palmas de animação e desceu apressadamente as escadas para cuidar do dia cheio que ainda tinha pela frente. O guarda-roupa ficaria para mais tarde.

Fazendo uma parada no escritório, ligou para o marido. Jorge ficou agitado ao receber a notícia. Combinaram que ele sairia mais cedo do banco e iriam ao orfanato tão logo as crianças chegassem da escola.

O sol já quase se pusera por completo quando o carro parou em frente à instituição. Os garotos pularam para fora e negociavam qual deles iria colocar o irmãozinho para dormir em seu primeiro dia oficial em casa. Intervindo, a mãe sugeriu que os dois o fizessem juntos, que cada um seguraria em uma parte do berço.

Eles concordaram, balançando a cabeça. Porém, mal se encaminharam para a portaria, retomaram o argumento para decidir quem ficaria na cabeceira e quem nos pés. Roseli riu silenciosa e capitulou.

A Irmã Ana, que já se tornara amiga deles, aproximou-se em companhia de Jaqueline. Estavam ambas sorridentes e gesticulavam entre si em animada conversação. Uma adoção completada era sempre motivo de celebração. Era mais um dos pequeninos de Deus que encontrava apoio e carinho para seguir seu curso na existência com que fora agraciado.

Depois dos abraços comovidos, dirigiram-se todos para o escritório, a fim de assinarem os últimos documentos e se inteirarem dos termos legais do processo. Ao adentrarem o cômodo, Roseli olhou discretamente para o quadro de Madre Cenira, pendurado na parede, e agradeceu.

Terminada aquela etapa, percorreram o longo corredor de volta ao pátio e se dirigiram para o berçário. No andar térreo, havia também um grande refeitório. Pelas janelas de correr, via-se um mar de cabecinhas ondulantes que terminavam o jantar. Afinal, já passava das 6 horas.

- Hora do Ângelus[16] - murmurou Roseli.

Sentiu um abraço que não soube dizer de quem veio, e lembrou-se do quanto amava Maria de Nazaré. Ela, a Mãe Sublime, jamais a abandonaria no caminho renovador que traçara para o resto de sua vida.

As luzes dentro do berçário estavam diminuídas e havia um silêncio quase angélico no ar. Uma das assistentes ninava um bebê do lado de dentro da ampla vidraça. Na saleta, uma senhora uniformizada de branco já os aguardava. Com o dedo nos lábios, pediu que se fizessem quietos para não acordar os hóspedes dos bercinhos enfileirados.

A babá entrou sozinha, pé ante pé, e voltou sobraçando o pequeno tesouro, depositando-o nos braços da nova mamãe. Houve uma suspensão no tempo, uma paz que nenhuma literatura do mundo seria capaz de descrever, uma sublimidade pura que talvez só uma sinfonia conseguisse retratar.

Ninguém ousou se mexer ante o quadro de Anatole que, embrulhado numa mantinha lilás, dormia tranquilamente. De quando em vez, mastigava o bico, que estava preso em seu casaquinho por uma fita de seda

---

16. As horas do Ângelus, ou da Ave Maria, são 6h, 12h e 18h. Com o tempo, a mais tradicional tornou-se a do fim da tarde, a que se refere a personagem.

branca, em que seu nome fora pintado em letras inclinadas. Fora um presente da nova família, em uma de suas vindas anteriores ao orfanato. Roseli rompeu o momento de êxtase e levantou os olhos para os circunstantes:

– Vamos? – perguntou baixinho.

Aconchegando seu precioso ao peito, a mãe cobriu-lhe o rostinho com uma beirada da manta, pois o sereno já caía no pátio às escuras. Ao atravessarem a portaria, o guarda desejou-lhes boa sorte. Aquele tinha sido um caso especial, do qual ninguém se esqueceria, mas em especial Irmã Ana e Jaqueline.

Após abraços e promessas reiteradas de futuras visitas, a religiosa voltou para dentro, pois tinha que ajudar na missa diária, que começaria em alguns minutos, na capela da casa. Jaqueline aguardou que entrassem no veículo e também voltou para seus afazeres.

A chegada ao lar foi uma festa, mas sem alardes que pudessem acordar o pequenino. Ele já estivera lá em várias visitas, mas agora era diferente. Moraria com eles para sempre.

Passo a passo, subiram todos para o quarto do casal, a fim de depositar o recém-chegado no berço que fora colocado ao lado do guarda-roupa (àquela altura, já arrumado). Ele mal se mexeu durante o processo cuidadoso de acomodá-lo no ninho.

Roseli pediu ao mais velho que acendesse o pequeno abajur que instalaram em cima da cômoda. O rostinho amorenado reluziu suavemente, em tonalidade âmbar. O bico estava imóvel já há algum tempo. A mãe retirou-o com cuidado da boca do filho, gerando expectativa. Nada aconteceu. Ele permaneceu na mesma paz de antes.

Com experiência comprovada no ofício, Roseli pensou logo que teriam que se acostumar com os horários das mamadas noturnas, mas deixariam que ele decidisse, por enquanto, movido pela barriguinha roncando.

O agora filho do meio cochichou se não iriam rezar para o anjo da guarda do irmãozinho, a fim de protegê-lo durante o sono. Os pais entreolharam-se, compungidos. Os três sentados na cama, a mãe de pé, ela orou, com voz embargada:

– Santo anjo do Senhor, meu zeloso guardador, se a ti me confiou a piedade divina, sempre me rege, guarda, governa e ilumina.

– Amém! – responderam todos.

Roseli ainda pediu intimamente que a Mãe das Mães lhe desse forças e sabedoria para desempenhar sua nova missão. Como que compreendendo o momento que era só dela, Jorge passou carinhosamente os braços ao redor dos filhos maiores e os arrebatou para fora do quarto. Desceram as escadas falando baixinho sobre o que fariam para o jantar de celebração.

A mãe ficou só com seu novo filho. Puxou a banqueta da penteadeira e sentou-se mais próxima do berço. Lágrimas de agradecimento banhavam quentes o seu rosto.

Pensou no passado distante, que agora conhecia, na violência que sofrera, na perda do bebê e no ato insano contra a própria vida, que cometera na ilusão de salvar a família das mãos de um criminoso. Hoje, sabia que aquelas haviam sido ameaças vãs. Se tivesse revelado o nome, ele teria fugido ou sido preso. Mas isso era hoje.

Naquela época, tão jovem e traumatizada, a razão tomou decisões arbitrárias. Com base ainda no pouco que aprendera da doutrina espírita, tentava aquilatar que consequências aquele gesto extremado teria tido em sua encarnação atual.

Esticou-se na banqueta e, leve como uma brisa, ajeitou o cabelinho arrepiado do filho, que já se tornara sua marca registrada, ajeitando-o sobre a testa alta. Teve um estremecimento súbito, fitando o rostinho. Contemplou-o por algum tempo sem entender o que se passava. Seu coração batia tão forte que podia quase ouvi-lo percutir o peito.

Era uma consciência, uma constatação qualquer. Mas de quê?

A face tranquila de Anatole se tornara assustadoramente familiar. Sentiu uma forte vertigem. Sem que pudesse controlar o fenômeno, voltaram-lhe à mente os terríveis momentos do sonho.

As cenas do abuso sofrido no terreno atrás da escola percorreram seu cérebro de forma rápida e torturante. Até deterem-se no instante final em que o agressor se vestia, enquanto lhe fazia as frias ameaças.

De repente, sua visão se abriu e o rosto dele, que sempre estivera indefinido, borrado, desde o dia do sonho, revelou-se com a clareza de um raio. Ela juntou as mãos na boca, sufocando o grito que teria escapado.

Seu algoz do passado estava ali diante dela. O filhinho que aprendera amar era aquele mesmo ser que lhe havia perpetrado a violência de outrora.

Ergueu-se e mirou a criança que dormia serenamente. Não havia dúvida. Mais que algo físico, fisionômico, era uma certeza interior que a dilacerava.

Entretanto, por mais que tentasse, não conseguia odiar ou deixar de amar a criança. Como teria cabimento um fato assim? Que ligações teriam tido para que o carinho de hoje superasse o terror do pretérito?

Para sua total surpresa, Anatole abriu os olhinhos e fitou-a com uma doçura melancólica que (ela seria capaz de jurar) estava marcada por um pedido mudo de clemência, de misericórdia. Perscrutaram-se por alguns segundos, ambos imóveis, até que ele agitou os bracinhos de leve, como que pedindo colo.

Roseli não se conteve. Abaixando-se, tomou-o nos braços e chorou quase em desespero. Precisava de uma luz. Foi quando pensou no que ela mesma já havia feito de agressão contra a vida, e se lembrou do que sente um ser arrependido sem poder alcançar a reparação dos seus atos. Estreitando-o ainda mais, perdoou-o, do fundo do coração e jurou fazer tudo ao seu alcance para que, juntos, pudessem um dia entender melhor a vida e as chances renovadas que Deus oferece a Seus filhos.

Depositou o filhinho no berço, novamente adormecido, e preparava-se para sair, quando sentiu outra vez o costumeiro abraço amoroso e um sussurro ao ouvido do coração:

– Você o recusou da primeira vez, mas a bondade divina permitiu que ele voltasse para sua família.

Ela virou-se de um salto. Era ele, sempre fora, o filho

que rejeitara havia quase catorze anos. Ela o havia matado. Estavam quites na dor e no sofrimento.

Ergueu os olhos úmidos para o Alto e compreendeu o quanto ainda tinha que aprender sobre o significado da palavra justiça ante os padrões do infinito.

Controlando a emoção que ameaçava fazê-la desfalecer, foi tomada de uma paz arrebatadora. Enxugou os olhos na manga da blusa, beijou o filho demoradamente, e encaminhou-se para a porta que foi fechando suavemente atrás de si, mas não sem antes se lembrar da freira do sonho.

Teve certeza de sua presença ali. Sorriu e murmurou:

- Obrigada, Irmã Cenira, Deus a abençoe!

FIM

CONHEÇA TAMBÉM

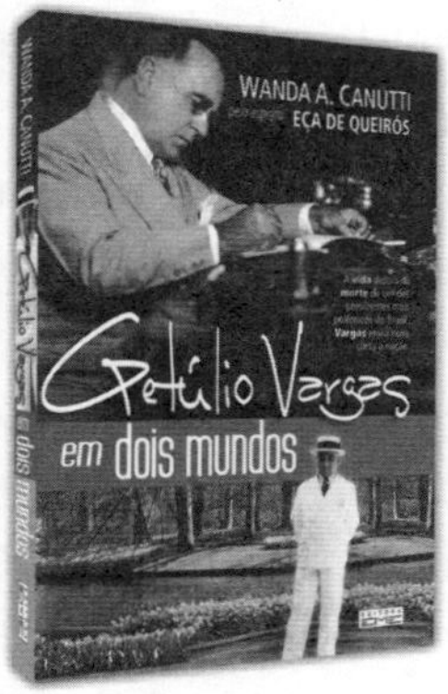

Getúlio Vargas em dois mundos

Wanda A. Canutti • Eça de Queirós (espírito)

Romance mediúnico • 16x22,5 cm • 344 pp.

Getúlio Vargas realmente suicidou-se? Como foi sua recepção no mundo espiritual? Qual o conteúdo da nova carta à nação, escrita após sua desencarnação? Saiba as respostas para estas e outras perguntas, agora em uma nova edição, com nova capa, novo formato e novo projeto gráfico.

A vingança do judeu

Vera Kryzhanovskaia • J. W. Rochester (espírito)

Romance mediúnico • 16x22,5 cm • 424 pp.

O clássico romance de Rochester agora pela EME, com nova tradução, retrata em cativante história de amor e ódio, os terríveis fatos causados pelos preconceitos de raça, classe social e fortuna e mostra ao leitor a influência benéfica exercida pelo espiritismo sobre a sociedade.

O Evangelho de Maria Madalena

José Lázaro Boberg

Estudo • 14x21 cm • 256 pp.

Neste livro, José Lázaro Boberg busca reconstruir a verdade sobre Maria Madalena, uma das personagens femininas mais fortes da literatura antiga e que está presente nas reflexões espíritas. O que dizem os outros evangelhos? Ela foi esposa de Jesus? Foi prostituta? Foi a verdadeira fundadora do cristianismo?
